MACHA
OU L'ÉVASION

Hors-série
Sous la direction de Natalie Beunat

L'auteur tient à remercier le Centre régional des lettres de Midi-Pyrénées et la Maison des écritures de Lombez (Gers) pour l'aide qu'ils ont apportée à l'écriture de ce roman.

ISBN : 978-2-74-852190-0

25, avenue Pierre-de-Coubertin, 75013 Paris

Jérôme Leroy

MACHA
OU L'ÉVASION

SYROS

À M.B., frangine.

« Il faudrait habiter dans zun arbre. Si nous voulions zavoir vraiment la paix, ze veux dire. »

Jean Vautrin, *Billy-ze-Kick*

ZAD

1°) Acronyme pour « zone d'aménagement différé ».

2°) Par détournement du précédent, « zone à défendre ». Dès les années 2010, des projets dangereux pour l'environnement, comme des aéroports, des barrages ou des implantations d'hypermarchés, ont vu de nombreuses personnes s'opposer à leur réalisation. Pour cela, ces groupes ont occupé pacifiquement les endroits où devaient commencer les travaux et ont construit parfois de véritables villages improvisés : cabanes dans les arbres, tentes, yourtes, installations dans des fermes abandonnées.

Néanmoins, cela a provoqué, à l'occasion, des affrontements violents avec la police. Notamment autour du projet d'aéroport de Notre-Dame-des-Landes, près de Nantes, ou encore du projet de barrage de Sivens, au Testet, dans le Tarn. Rémi Fraisse, un jeune écologiste de vingt et un ans, y a été tué le 26 octobre 2014 par un tir de grenade venu des rangs de la gendarmerie.

Beaucoup de zadistes, c'est ainsi que se nomment les occupants des ZAD, voudraient que ces zones à défendre soient aussi l'occasion d'expérimenter de nouvelles façons de vivre ensemble, plus libres et plus fraternelles.

PREMIÈRE PARTIE

DES JOURNÉES ENTIÈRES DANS LES ARBRES

1

Vers 2100 et des poussières, ZAD d'Équemauville

Ils sont arrivés dans notre ZAD un mardi.

Il y avait deux filles et un garçon. Je ne les connaissais pas.

Ou je ne me souvenais pas d'eux.

Après tout, j'ai cent sept ans depuis le printemps.

Je les avais peut-être croisés lors de ces fêtes où nous nous retrouvons à plusieurs milliers pour le plaisir d'être ensemble, d'échanger nos produits, de rencontrer celui ou celle avec qui on partagera un arbre pour quelques jours ou pour la vie… Qui sait, je les avais peut-être même eus comme élèves, à l'époque où j'enseignais dans les Arbres-Écoles de la région ?

La première chose qui m'ait frappée, c'était que tous les trois, les deux filles et le garçon, étaient très beaux. Ils rayonnaient d'intelligence et dégageaient une impression de calme tout en ayant l'air très décidés. Ils avaient à peine vingt ans.

Cela voulait dire qu'ils appartenaient à la quatrième génération de la Douceur.

Je les ai comparés avec ceux de leur âge qui vivaient dans le monde de la Fin. Cette manie de la comparaison me prend de plus en plus fréquemment quand je rencontre de très jeunes gens. C'est un effet de l'âge, je crois. Le passé remonte sur le présent comme la marée sur la plage.

Dans le monde de la Fin, les jeunes avaient tous ou presque une physionomie fermée. Ils éprouvaient une angoisse permanente qui les rendait souvent solitaires. « Je peux savoir pourquoi vous faites toujours cette tête d'enterrement ? » me demandait par exemple mon père qui n'était pas mon père et qui me vouvoyait, en plus. Il aurait dû trouver la réponse lui-même, s'il avait été un peu plus lucide. Mais plus grand monde n'était lucide en ce temps-là, et mon beau-père Étienne Le Vigan encore moins que les autres.

J'ai chassé ces souvenirs parasites et j'ai mieux regardé mes trois visiteurs.

Ma vue est toujours bonne et je n'ai pas encore besoin des lunettes que fabrique Zénon-les-Besicles dans son atelier de la ZAD des Sources, à deux jours d'ici. Euclide-le-Caressant, mon voisin presque aussi vieux que moi, dit pour plaisanter que c'est grâce aux carottes de son potager que je vois toujours aussi bien. Il m'en apporte régulièrement. Il trouve stupide que l'on vieillisse seul chacun de son côté, dans un arbre différent, alors que l'on pourrait se réchauffer tous les deux devant le même poêle quand l'hiver arrive, manger ensemble des noix et boire du vin ligure, jouer au go, aux échecs, et mélanger nos bibliothèques ou regarder des films. Euclide possède un très ancien écran plat qu'il bricole régulièrement et un lecteur de DVD. Chez les plus de quatre-vingt-dix ans, on est encore quelques-uns à penser qu'une des seules choses que l'on puisse regretter du monde de la Fin, c'est son cinéma.

– Tu n'es pas superstitieux, Euclide ! J'ai usé cinq compagnons avant toi ! lui dis-je à chaque fois qu'il renouvelle sa proposition de vie commune.

Il rit, cligne de l'œil, et tout son visage se plisse autour de ses yeux verts. Je ris aussi. J'aime bien Euclide-le-Caressant, ses carottes et ses films hollywoodiens. Pas au point, cependant, de « jeter une passerelle de chanvre entre nos deux arbres », selon un dicton zadiste qui exprime l'amour parfait.

Je m'égare beaucoup, décidément.

Il faut me pardonner, ce n'est pas évident de raconter, surtout à mon âge. Les périodes s'entrelacent, un souvenir en amène un autre, en suivant cette étrange logique qui est celle des rêves.

Il y avait donc ces trois jeunes gens, presque timides, devant moi.

Le garçon avait le teint cuivré, les cheveux noirs et un regard très clair, bleu-gris, qui faisait un contraste troublant avec son visage presque oriental. Je l'ai trouvé sexy et puis je me suis souvenue que j'avais cent sept ans et qu'il devait en avoir vingt, au maximum. Voilà le paradoxe : ne croyez pas que le grand âge apporte la sagesse. J'ai l'impression d'en avoir toujours seize ou dix-sept, comme à l'époque de Karim et de sa peau qui avait l'odeur du pain chaud.

Le grand âge, c'est une boucle, c'est le serpent Ouroboros qui se mord la queue et rend le temps circulaire. Je suis très vieille mais je reviens vers mon enfance et ma jeunesse qui me paraissent plus proches que jamais.

Les deux filles, elles, étaient blondes. Elles avaient également la vingtaine, peut-être moins. Elles étaient plutôt grandes et fines, presque translucides. J'étais certaine qu'elles prenaient grand soin de leur teint pâle et fragile avec des décoctions savantes d'herbes et de plantes, moitié par coquetterie, moitié parce que la peau des blondes et les coups de soleil, ça ne fait pas bon ménage. Elles les préparaient sûrement elles-mêmes : la botanique et l'herboristerie comptent parmi les enseignements les plus poussés pour chaque habitant de la Douceur. Encore une différence avec ma propre jeunesse dans le monde de la Fin : à leur âge, j'étais une vraie analphabète de la nature, je ne connaissais pas le nom des fleurs, des graines, des arbres, des oiseaux...

Comment voulez-vous qu'une société survive si personne ne connaît plus le nom des oiseaux ?

L'une des deux filles a rougi et elle m'a rappelé, par sa blondeur nordique, son visage à la symétrie parfaite, aux lèvres pleines, un autre visage. J'ai d'abord cru à une ancienne élève, mais non, j'étais presque certaine que cela remontait à plus loin, beaucoup plus loin et, sur le coup, j'ai renoncé à chercher. À cent sept ans, on a la mémoire encombrée comme un vieux grenier plein de choses inutiles et mal rangées que l'on n'a pas pu se résoudre à jeter.

Ils se sont présentés avec naturel.

Le garçon s'appelait Hilo.

Les filles, Nausicaa et Révolution.

C'était Révolution, la fille qui rougissait à tout bout de champ et me renvoyait de manière presque irritante à un souvenir enfoui.

– Je m'appelle Révolution, mais on abrège en Révo ! a-t-elle précisé.

Et Révo a souri, cramoisie, comme si elle s'en voulait déjà de donner un tel détail.

– C'est un beau prénom, ai-je dit pour la mettre à l'aise. Un de mes derniers arrière-petits-enfants le porte. Mais je ne l'ai jamais vu, c'est par un courrier qui a mis huit mois à me parvenir que j'ai appris sa naissance. Il vit avec toute sa famille dans une ZAD des Cyclades, sur l'île d'Amorgos.

– Il faudrait aller les voir !

– Tu es gentille, Révo, mais à mon âge, un voyage de six mois ou peut-être un an, ce serait sans doute sans retour...

Mes trois visiteurs étaient habillés comme nous le sommes tous dans la Douceur : des tuniques de couleurs vives, légères, des sarouels amples, des bijoux colorés. Un peu dandy, le garçon au regard étrangement clair, Hilo, portait un jean et, autour du cou, un beau collier de serpentine sur une chemise de lin blanc.

Plus personne ne mettait de jean dans la Douceur. Hilo avait dû le récupérer dans une des zones commerciales abandonnées que l'on trouve encore parfois à l'entrée des anciennes villes désertées depuis au moins quatre-vingts ou quatre-vingt-dix ans. Il est vrai que les garçons et les filles de son âge aiment explorer ce genre d'endroits. Ils veulent vérifier par eux-mêmes à quoi ressemblait le monde de la Fin. Ce que leur racontent leurs parents ou les livres de l'époque dans les Arbres-Bibliothèques ne suffit plus quand ils arrivent à l'adolescence.

Ils montent alors des expéditions à la façon des marins d'autrefois qui s'embarquaient sans savoir ce qu'ils trouveraient de l'autre côté de l'horizon. Ils prennent de l'eau, des vivres, des médicaments à l'Arbre-Pharmacie. Il est inutile d'essayer de les retenir tant ils sont décidés.

Dans nos ZAD, on a fini par considérer ces explorations à la manière d'un rite d'initiation. Un peu comme dans le monde de la Fin, quand on faisait son premier voyage entre copains et copines, sans les parents. Pour compléter leur équipement, on leur prête exceptionnellement des armes. Les armes sont bannies dans la Douceur, sauf celles pour chasser. Mais on peut rencontrer à l'occasion, dans ces ruines du monde de la Fin, des chiens sauvages ou même des descendants des animaux autrefois enfermés dans les zoos. Alors, va pour les lances, les arcs ou un vieux fusil ! Le plus important, c'est que ces jeunes nous reviennent vivants...

Ils partent un mois, parfois deux, rarement plus. Ils prennent des chevaux, des deltaplanes ou des buggys qui roulent à l'énergie solaire.

En général, ils reviennent de leur expédition avec une certitude : ils ont bien de la chance de vivre au temps de la Douceur.

Ils rapportent à l'occasion des objets qu'ils trouvent étranges et dont ils ne comprennent pas l'utilité. Les plus anciens, comme moi, leur expliquent qu'il s'agit d'un grille-pain, d'un mixer ou d'un iPod, et ils rient franchement à l'idée que les gens du monde de la Fin aient eu besoin de ce genre de choses. Comme si on ne pouvait pas soi-même griller du pain sur des braises ou presser une orange sur une belle pierre taillée. Comme si la musique devait nous isoler alors qu'elle est faite pour nous réunir…

Les objets rapportés, on les met dans les Arbres-Musées, avec une notice. Les élèves des Arbres-Écoles les regardent lors des visites. Une fois, l'un d'entre eux m'a fait remarquer que ces objets du monde de la Fin n'étaient pas *beaux*, même ceux qui concernaient la vie quotidienne, contrairement aux objets des temps plus lointains. Il avait dit ça en comparant derrière une vitrine une poupée de l'époque romaine et ce truc rose et hideux dont l'étiquette indiquait qu'il s'agissait d'une poupée Barbie.

Vous voyez, comme disait Baudelaire, un poète que ma mère adorait, j'ai plus de souvenirs que si j'avais mille ans.

2

Quand Hilo, Révolution et Nausicaa sont arrivés, j'étais dans la salle des Poètes de l'Arbre-Commun avec mon amie Agnès-des-Calanques. C'est une jeunette de quatre-vingt-six ans. Toutes les deux, nous aidions les petits de la ZAD à parfaire les poèmes qu'ils avaient écrits au cours des jours précédents. Chacun, ensuite, les lisait devant l'assistance.

Tout était rouge parce que le soleil commençait à se coucher.

L'été s'était installé depuis quelques semaines. Il devait être plus de huit heures du soir. Mais je n'en savais rien au juste. Plus grand monde n'a de montre dans la Douceur. Nous vivons simplement au rythme des saisons : nos journées sont longues en été, courtes en hiver.

Le couchant me rappelait souvent le monde de la Fin et cette angoisse que j'éprouvais alors à l'idée de la nuit qui venait et d'un lendemain qui serait forcément pire que la veille.

Mais c'est parce que je suis vieille.

Dans le monde de la Douceur, le couchant est plutôt un moment serein. Il indique que la journée qui vient de passer a été parfaite à sa manière, ronde comme une pomme, et qu'il n'y a plus de raison d'avoir peur : le jour qui se lèvera le lendemain sera identique au précédent, harmonieux, soyeux, sans surprise.

Je pense que certains de ceux qui ont vécu dans le monde de la Fin et ont disparu avec lui, comme mon beau-père, auraient trouvé cela monotone. Ils étaient drogués au travail et à la violence. Ce genre de personne en arrivait à avoir peur du temps libre.

Hilo, Révolution et Nausicaa, eux, au contraire, comme tous les zadistes, ne craignaient pas les longs après-midi au bord des rivières, les journées passées à lire, les crépuscules interminables de l'été, quand on pousse à cheval jusqu'à la côte pour regarder le soleil se coucher sur les ruines du Havre ou colorer de rose les falaises d'Étretat.

C'étaient des enfants de la Douceur. Des enfants du Rêve. On les appelle comme ça, nous les plus vieux. Des enfants du Rêve parce que, parfois, on a du mal à croire à la réalité de la Douceur.

Les petits, dans la salle des Poètes, étaient assis en cercle dans la position du scribe. Ils regardaient les nouveaux venus avec de grands yeux parce qu'ils représentaient cette étape intermédiaire entre eux et les adultes, et aussi parce que la présence de visiteurs, c'était toujours un événement dans notre ZAD d'Équemauville.

Soraya-des-Mauges, la gamine qui se tenait au milieu du cercle, était la seule que l'apparition des trois jeunes gens ne semblait pas enchanter. Il y avait à cela une raison simple : elle s'apprêtait à lire son propre poème aux autres et elle était la dernière de l'après-midi à passer, ce qui avait accru son impatience.

Ma copine Agnès est intervenue.

Elle fait partie de ces vieilles chez lesquelles on voit encore parfaitement les jeunes femmes ou même les enfants qu'elles ont été. Chez Agnès, on discerne sans peine la blonde malicieuse, mince et flexible, aux cheveux courts et aux yeux bleus qui pétillaient sans cesse quand elle avait dix-sept ans. Euclide-le-Caressant dit que, pour moi aussi, on voit encore celle que j'étais à dix-sept ans, mais je ne crois pas qu'il soit très objectif puisqu'il est amoureux.

– Ça ne vous dérange pas que Soraya lise son poème avant que nous parlions de l'objet de votre visite ? a demandé Agnès.

– Pas du tout, au contraire ! a dit Révo en rougissant.

– C'est même un plaisir, on n'entend jamais assez de poésie ! a complété Hilo en s'inclinant avec cette courtoisie habituelle dans la Douceur. Elle me surprend toujours un peu, moi qui ai connu la brutalité des rapports humains dans le monde de la Fin.

La lumière du couchant enflammait de plus en plus l'Arbre-Commun.

Soraya-des-Mauges est le plus bel espoir de notre ZAD pour les prochaines Joutes qui auront lieu à la fin du mois de juillet et réuniront plusieurs centaines de petits poètes dans l'amphithéâtre gallo-romain de Lillebonne.

Je fais partie du jury et je me demande bien pourquoi. Je n'ai aucune compétence particulière et d'ailleurs je ne suis pas sûre que la poésie soit affaire de compétence. Je crois en fait qu'on cherche à honorer mon grand âge car je suis la doyenne de la région. Mais je ne vois pas non plus pourquoi avoir cent sept ans me donnerait une dignité particulière.

De toute manière, dans la Douceur, on vit de plus en plus vieux. Il n'y a plus de pollution, sauf dans certaines zones où le monde de la Fin a laissé des traces de son désastre : des ports englués dans les marées noires, des zones industrielles ensevelies sous les déchets toxiques, des villes immenses abandonnées…

Le pire danger, celui des centrales nucléaires, a heureusement été écarté à l'époque où tout a changé. Des ingénieurs du monde de la Fin étaient passés du côté des ZAD et avaient mis en place les procédures pour arrêter ces monstres progressivement. Cela a pris plusieurs décennies. Puis ils avaient transmis leur savoir-faire.

On vit plus vieux, aussi, parce que l'alimentation n'est plus trafiquée et qu'il n'y a plus de ces atroces usines à viande du monde de la Fin. Le stress et les maladies qui en découlaient ont complètement disparu. C'est pour cela que je ne serais pas étonnée que Hilo, Révo, Nausicaa tout comme la petite Soraya-des-Mauges dépassent allègrement mon âge.

– Vas-y, Soraya, a encouragé Agnès, lis-nous ton poème.

Soraya a passé ses mains dans sa tignasse brune incroyablement épaisse et pas du tout coiffée avant de lire de sa voix teintée d'un léger accent indéfinissable :

Je dis : Douceur,
Pensant aussi
À des feuilles en voie de sortir du bourgeon,

À des cieux, à de l'eau dans les journées d'été,
À des poignées de main.

Je dis : Douceur, pensant aux heures d'amitié,
À des moments qui disent
Le temps de la douceur venant pour tout de bon,

Cet air tout neuf,
Qui pour durer s'installera[1].

Nous sommes tous restés muets un long moment.

Soraya-des-Mauges tortillait ses mèches, debout, une jambe légèrement relevée, comme un échassier.

Et puis les applaudissements ont crépité.

Ceux des autres enfants, d'Agnès, de nos trois visiteurs, sincèrement enthousiasmés, et les miens, bien entendu. Je me suis précipitée pour embrasser la petite. Les applaudissements ne cessaient pas. J'avais supervisé le poème de Soraya mais c'est seulement quand elle l'a lu

---

1. Extrait du poème « Douceur », in *Terre à Bonheur* de Guillevic, © Seghers, Paris, 1951, 1985, 2004.

de sa voix rauque, qui me faisait penser à un sous-bois, que la force de ses vers m'est apparue.

J'ai alors eu, sans savoir pourquoi, le pressentiment qu'un événement allait advenir : l'arrivée des trois jeunes gens, la ressemblance de Révo avec un visage perdu dans ma mémoire et le poème de Soraya qui résumait de façon aussi belle notre vie à tous aujourd'hui, tout cela était autant de signes.

Mais de quoi ?

De ma mort prochaine ? D'un changement dans la Douceur ? D'un voyage à entreprendre ?

Je n'en avais aucune idée.

Je n'étais pas inquiète, j'éprouvais simplement la même impatience au creux du ventre que lorsque j'avais seize ans et que j'attendais Karim à la porte du lycée...

Ouroboros, toujours, le serpent du Temps circulaire...

« Calme-toi, Macha, calme-toi ! » me suis-je répété intérieurement, sans pour autant parvenir à faire disparaître cette sensation étrange.

Certains enfants ont commencé à quitter l'Arbre-Commun en empruntant les passerelles qui menaient chez eux. D'autres ont pris l'escalier qui descendait des frondaisons et contournait l'immense tronc pour aller jouer du côté de la rivière, près de l'ancienne ferme de Pleine

Sévette dont les corps de bâtiments servent d'entrepôts, d'écuries ou d'ateliers pour les buggys.

Soraya-des-Mauges était entourée de copains et de copines qui la complimentaient. C'est alors, comme si ça ne suffisait pas, qu'Agnès-des-Calanques m'a chuchoté à l'oreille en me désignant discrètement la fillette :

– On dirait toi en petite, Macha !

– N'importe quoi, Agnès !

– Je t'assure. Si ça se trouve, c'est une de tes arrière-arrière-petites-filles...

– Qu'est-ce que tu racontes ? D'abord tu ne m'as pas connue petite et ensuite tous mes descendants vivent maintenant dans les ZAD de Méditerranée.

– Je te rappelle que tu m'as montré une photo de toi quand tu avais six ou sept ans. Dans le coffret aux reliques de ton arbre... Et on dirait le portrait craché de Soraya-des-Mauges.

– Ma pauvre Agnès, tu perds la boule alors que tu n'as même pas cent ans ! Qu'est-ce que ce sera à mon âge !

– Je t'assure ! a insisté Agnès. Le même air de Gitane, de petite sorcière sauvage...

Agnès et moi, cela fait des années et des années que nous nous taquinons de la même manière.

Sans qu'on s'en aperçoive, pour jouer, nous avions monté le ton comme si nous nous disputions. Puis nous

nous sommes souvenues de Nausicaa, Hilo et Révo qui restaient plantés là, l'air déroutés.

– Ne vous inquiétez pas, c'est pour rire. En plus, nous devenons gâteuses ! ai-je dit.

Ils ont fait des signes de dénégation, Révo a rougi, et Agnès et moi avons souri de les voir si embarrassés.

C'est Nausicaa qui a parlé, cette fois-ci :

– Nous sommes bien contents de vous rencontrer enfin, Macha ! Notre voyage a été long.

Cela se voyait, à vrai dire : ils étaient couverts de poussière et ils sentaient la route, le soleil, la fatigue. Ce n'était pas une odeur désagréable, au demeurant, elle rappelait celle d'un toit de tuiles qui a chauffé au soleil ou de la fourrure d'un chat resté longtemps devant un feu de bois.

Agnès leur a tendu des gobelets en terre et leur a versé l'eau de l'hospitalité, comme il est de coutume dans la Douceur. Elle a reposé la cruche près des poèmes empilés. Ils ont bu. Pas seulement par politesse mais parce qu'ils avaient vraiment soif.

Agnès les a resservis.

Puis le silence s'est installé. Le soleil est devenu encore plus rouge dans la salle des Poètes.

Ce n'était pas un silence gêné, enfin je ne crois pas. Peut-être un peu inquiet.

– Vous êtes Macha Patrikios, n'est-ce pas ? a enfin demandé Hilo.

J'ai sursauté.

Il y avait bien longtemps qu'on ne m'avait pas appelée comme ça.

– Oui, même si on me connaît davantage sous le nom de Macha-des-Oyats…

– Et si on allait parler de tout ça ailleurs ? a proposé Agnès.

– Allons chez moi, ai-je dit, puisque c'est moi que vous êtes venus rencontrer, visiblement.

3

Nous avons quitté à notre tour l'Arbre-Commun par la passerelle principale qui mène jusqu'à l'Arbre-École. Elle se divise ensuite en plusieurs autres passerelles, couvrant notre ZAD d'arbre en arbre, un peu à la manière d'une toile d'araignée.

Malgré mes cent sept ans et les quatre-vingt-six d'Agnès, nous avons toutes les deux encore le sens de l'équilibre et assez d'énergie pour nous tenir aux rampes, quel que soit le temps. Au point que nous avions l'air plus à l'aise que nos trois jeunes visiteurs qui avançaient prudemment entre les frondaisons, au milieu des chants d'oiseaux et des cris d'enfants qui jouaient.

Hilo, Nausicaa et Révo étaient même franchement nerveux quand nous croisions quelqu'un et que la passerelle tanguait un peu. C'est ce qui m'a fait dire qu'ils ne venaient pas d'une ZAD forestière.

Agnès, toujours moqueuse, leur a lancé :

– Alors, on a le vertige, les jeunots ?

Ils n'ont pas répondu, se contentant de bien s'accrocher. Seule Nausicaa, parfois, oubliait ses craintes et s'arrêtait pour regarder en bas. Elle voyait alors les potagers qui alternaient avec les fontaines, les chaises longues dans les clairières où paressaient des zadistes aux derniers rayons du soleil, la jolie Halle aux Dons où se tenaient les marchés, les bassins qui faisaient des taches turquoise et représentaient des lettres de l'alphabet grec.

Plus loin, entre la forêt, les champs, les prés et les vergers, Nausicaa pouvait apercevoir les panneaux solaires scintillants, les puits géothermiques et les moulins éoliens qui recueillaient l'énergie dont nous avions besoin.

– C'est très beau ! s'est-elle exclamée.

– Oui, a dit Agnès, nous avons réussi à ce que tout cela se fonde dans le paysage.

– J'aime beaucoup la vigne vierge sur les moulins et les puits, a dit Hilo d'une voix qui cherchait à masquer sa peur de marcher à dix mètres de haut alors que le vent du soir se levait, que la passerelle tanguait soudain un peu plus et que toute la canopée bruissait. C'était le vent qui venait de la mer.

La mer, on pouvait l'apercevoir de temps en temps entre les branches, au-delà de la plaine, de très loin, en fragments lumineux teintés par le soleil couchant.

Nous sommes enfin arrivés chez moi.

Seule concession que je fais à mes cent sept ans, il y a dans mon arbre un fauteuil club en cuir qui date du monde de la Fin. Je l'ai récupéré il y a au moins quarante ans dans le Normandy, un palace en ruine du côté de Deauville, alors que je me rendais dans la ZAD de la Touques pour la naissance de mon sixième petit-fils. J'étais avec Valentin-le-Marcheur, mon troisième compagnon, et nous avions trouvé, sur le coup, que ce serait une idée amusante de passer la nuit dans ce témoignage d'un passé révolu.

En fait, il n'en a rien été. À cause des longs couloirs vides, des chambres trop grandes pleines de poussière et de sable, du vent qui s'engouffrait en hurlant par les baies aux vitres brisées, j'ai fait plein de cauchemars.

Au matin, Valentin avait vu ce fauteuil dans ce qui avait été autrefois le bar du palace. Il s'y était installé et avait décrété qu'il lui rappelait celui dans lequel son grand-père lui lisait des histoires. Contrairement à moi, Valentin avait connu une enfance assez heureuse dans le monde de la Fin.

Il avait chargé ce fauteuil dans notre carriole, puis nous avions repris la route, laissant derrière nous Deauville et ses grandes villas abandonnées où l'on n'entendait plus que le bruit des vagues et le cri des mouettes pour retrouver l'ambiance joyeuse de Touques. Maintenant, Valentin est mort depuis longtemps mais le fauteuil est toujours là et j'y passe mes soirées à lire ou à tricoter, parfois les deux en même temps.

Pour le reste, mon arbre ressemble à celui de tous les habitants des ZAD.

C'est une grande pièce lumineuse construite entre les plus grosses branches. Elle est pleine de recoins masqués par des paravents auxquels on accède à l'aide de petits escaliers.

Tout cela sent bon la résine. En plus du fauteuil club – « Ton fauteuil de mémé », dit toujours Agnès-des-Calanques pour se moquer –, on trouve surtout des coussins, des tapis et des livres. Partout aussi il y a des fleurs et des corbeilles de fruits.

Nous nous sommes assis autour de la table en bois brut et, comme l'avait fait Agnès, j'ai offert l'eau de l'hospitalité.

– Alors, jeunes gens, que me voulez-vous ?

Ils se sont consultés du regard pour savoir qui allait parler. Révo rougissait de plus en plus, on aurait pu croire qu'elle avait pris un coup de soleil.

– Bon, il faut délier vos langues, les jeunes, là… Peut-être qu'un peu de vin vous aiderait ? a dit Agnès.

Elle a fait comme chez elle et elle a rapporté de la cuisine du vin ligure, une carafe de jus de pamplemousse, du pain, de la charcuterie, du fromage, des concombres, des tomates, des fruits de saison.

Nausicaa a eu malgré elle une moue un peu dégoûtée en voyant le saucisson et la terrine de pâté de lapin. Il est vrai que beaucoup d'entre nous, dans le monde de la Douceur, sont végétariens.

Hilo, lui, ne l'était manifestement pas : il a bu deux verres de vin ligure presque coup sur coup et s'est coupé une grande tranche de pain qu'il a tartinée de pâté. Les filles, elles, ont juste trempé leurs lèvres dans le vin pour Révo, dans le jus de pamplemousse pour Nausicaa. Elles ont picoré dans le bol des tomates et celui des rondelles de concombre salé.

– C'est délicieux, Macha-des-Oyats, a dit Hilo.

J'ai encore été troublée par ses yeux à la clarté bleu-gris qui contrastait si étrangement avec son teint mat.

– Oui, vraiment très bon, a dit Nausicaa en évitant de regarder le pâté.

– Et toi, ça te va ? a demandé Agnès à Révo qui a rougi de plus belle.

– Très bien, merci beaucoup…

– Bon, Nausicaa, ai-je dit en me tournant vers elle et en me resservant un verre de vin ligure, je te désigne d'office comme porte-parole, sinon on ne va jamais en sortir. Et, hélas, à cent sept ans, on n'a plus la vie devant soi...

Nausicaa a passé la main dans ses cheveux aussi blonds que ceux de Révo, elle a remonté les manches de sa tunique en lin au-dessus du coude, faisant tinter ses nombreux bracelets qui accrochaient les dernières lueurs du jour, et elle a commencé à parler :

– Nous venons du Nord, Macha, de la ZAD de Merlicourt. Vous connaissez, je crois...

J'ai senti mon cœur de vieille femme battre plus vite, beaucoup plus vite, beaucoup trop vite.

Bien sûr que je connaissais.

Une station balnéaire, sur la côte d'Opale. Et le nom me renvoyait à mes tout premiers temps dans les ZAD. Mais, par tous les diables, pourquoi ces trois-là venaient-ils me parler de Merlicourt, après tant d'années ? J'avais préféré ne jamais y retourner, j'avais peur d'y croiser les fantômes douloureux de ma jeunesse.

Agnès, en vieille amie, a vu que je changeais de couleur. Elle m'a resservi un peu de vin, a posé sa main sur mon épaule comme pour me dire que tout allait très bien, qu'elle était là.

– Continue, Nausicaa…

– Hilo, Révo et moi, nous sommes des Cueilleurs d'histoires. Vous en avez entendu parler, sans doute ?

– Vaguement…

– En fait, ce mouvement concerne surtout les jeunes de notre âge. On s'est aperçus que les Arbres-Bibliothèques regorgeaient de témoignages mais que ces témoignages, la plupart du temps, ne parlent que des premières ZAD, de la façon dont on y vivait, dont on essayait de s'organiser, combien la lutte fut difficile dans ce monde de la Fin qui ne voulait pas mourir. De la violence des affrontements, les blessés et les morts, parfois, quand chargeait la police.

– J'ai connu, oui…

Et j'ai repensé à ces années-là mais aussi à ma mère, à Karim, à d'autres visages comme celui du Capitaine, dans le désordre le plus complet. Des visages que je croyais engloutis par le temps.

Nausicaa a repris :

– Nous avons remarqué, aussi, que nous sommes très bien informés sur la manière dont le monde de la Fin s'est effondré entre les accidents écologiques, les crises économiques, le terrorisme, les régimes policiers. Comment les ZAD sont de plus en plus souvent devenues des refuges pour des jeunes et des moins jeunes…

Nausicaa, en parlant, s'était animée et, à son tour, rougissait. Pas comme Révo, mais tout de même, ses pommettes chauffaient et de petites plaques rouges naissaient sur son cou. Je n'ai pas connu ce genre de problèmes mais j'avais des copines de lycée qui réagissaient comme ça quand elles faisaient un exposé devant la classe ou qu'elles se trouvaient face à un garçon qui leur plaisait.

– Vas-y, Nausicaa, continue.

– Ce que je vous raconte, vous le savez déjà, bien sûr. Mais je veux vous faire comprendre ce qui nous a amenés jusqu'à vous depuis Merlicourt.

– Deux jours de buggy solaire, quand même, a cru bon de préciser Hilo qui avait attaqué joyeusement le saucisson.

Un regard noir de Nausicaa l'a fait taire. Puis elle a poursuivi :

– Nous, les Cueilleurs d'histoires, nous pensons que les Arbres-Bibliothèques manquent de témoignages vraiment personnels sur ce qui a fait que tellement de jeunes se sont retrouvés dans les ZAD quand le monde de la Fin a commencé à dérailler... Alors nous allons de ZAD en ZAD, à la recherche de ceux qui ont encore l'âge de nous raconter leur vie d'avant la Douceur. Et ce n'est pas pour vous offenser, Macha, mais il y en a de moins en moins, des personnes qui ont vécu ça et qui peuvent encore en parler. Bref, il devient urgent de « cueillir » des souvenirs comme les vôtres.

Agnès a sorti des plis de sa tunique un de ces cigares que lui envoyaient de temps à autre, par l'intermédiaire de voyageurs, ses amis de la ZAD de la Joliette, près de l'ancienne Marseille, où on cultivait l'un des meilleurs tabacs, d'après les amateurs.

Je me suis aperçue que la nuit était arrivée.

Les lampions solaires, qui se trouvaient essaimés un peu partout dans les branches de mon arbre, gorgés par la lumière du jour, diffusaient maintenant une douce clarté pareille à celle des bougies dans les tableaux flamands.

Cela adoucissait les traits des visages et nimbait les objets d'un halo presque soyeux. La pièce recelait des coins d'ombre mystérieux mais d'un mystère qui ne faisait pas peur. Et c'est de l'un d'eux qu'est arrivé Bakounine, le chat qui a ses habitudes chez moi depuis longtemps. C'est un vrai chat de gouttière tigré, avec de faux airs de divinité égyptienne. Il a dévisagé cette assistance inhabituelle autour de la table puis, sans façon, est venu se faire câliner sur les genoux de Révo.

– N'aie pas peur, Bakounine est gentil. Tu lui plais, c'est tout ! ai-je dit.

Pour une fois sans rougir, Révo m'a regardée et a dit :

– Ne vous inquiétez pas, j'adore les chats. Ils… ils me rassurent.

Décidément, elle me rappelait quelqu'un, cette Révo à la fois douce et timide, décidée et fragile. J'ai cherché, j'ai senti que j'étais tout près de trouver, que j'avais fait le tour du temps, comme le serpent Ouroboros. Mais cela m'a échappé, encore une fois.

Je me suis tournée vers Nausicaa :

– Continue, ma belle ! Ne te laisse pas distraire par Bakounine.

Nausicaa a de nouveau secoué ses bracelets et elle a repris :

– Je vous disais donc que les Cueilleurs d'histoires recherchaient des gens de votre âge pour qu'ils écrivent leur histoire, mais leur histoire *avant* les ZAD. Pour qu'ils racontent d'où ils viennent, quelle était leur famille, comment ils ont vécu dans le monde de la Fin jusqu'à leur arrivée dans les ZAD, et cela sous l'angle le plus personnel possible, avec des détails qui peuvent vous sembler inutiles tant ils vont de soi. Mais pour nous, plus cette époque s'éloigne, moins ils vont de soi, ces détails.

Elle a bu une gorgée de jus de pamplemousse avant de poursuivre :

– Nous, les Cueilleurs d'histoires, avons réellement l'intuition qu'il nous faut comprendre au plus près le monde de la Fin. Sinon, à un moment ou à un autre, dans vingt, trente ou cinquante ans, nous pourrions sans même nous en rendre compte reproduire les mêmes erreurs. On ne ferait plus attention à certaines petites choses, on se dirait que ce n'est pas grave, que ça ne change rien à la Douceur dans son ensemble... Mais le ver serait dans le fruit. Alors, le cauchemar recommencerait. Et cela, Macha, nous ne le voulons à aucun prix. Nous aimons la Douceur, nous comprenons ce que nous lui devons...

J'ai senti que l'émotion de Nausicaa était sincère, et Agnès l'a senti aussi : derrière la fumée de son cigare, elle ne souriait plus, chose rare chez elle.

– Mais pourquoi être venus me chercher, moi précisément ? ai-je demandé. Comment connaissiez-vous mon ancien nom ?

Nausicaa, Hilo et Révo se sont regardés, perplexes. Ils hésitaient visiblement, comme s'ils avaient un aveu à faire.

Révo, tout en caressant Bakounine, m'a fixée de ses yeux bleus, presque gris. Elle ne rougissait plus, elle était même devenue pâle. Et, à ma grande surprise, c'est elle qui a franchi le pas :

– Est-ce que les noms de Clara Pitiksen et d'Émilie Ambricourt vous disent quelque chose, Macha ?

Et j'ai compris, enfin, pourquoi ils étaient venus, pourquoi Révo, depuis son arrivée, me rappelait à ce point quelqu'un, sans que je puisse mettre un nom sur ce souvenir.

Révo était la copie conforme de Clara Pitiksen au même âge.

– C'était mon arrière-arrière-grand-mère... a murmuré Révo qui avait deviné le cours de mes pensées.

Puis j'ai regardé Nausicaa, et là aussi, soudain, ce fut évident.

– Et toi, tu es une descendante d'Émilie Ambricourt[1] ?

Nausicaa a acquiescé.

C'est seulement alors que j'ai remarqué qu'un de ses bracelets représentait Ouroboros, le serpent du Temps qui ramène, en se mordant la queue, le passé dans le présent.

---

1. Voir *Norlande* et *La Grande Môme*.

4

On était au cœur de la nuit.

Le silence était seulement troublé par le hululement des chouettes effraies et le vol des chauves-souris. Parfois, par les pleurs d'un bébé que sa mère venait vite consoler.

J'avais laissé l'usage de mon Arbre à Révo, Hilo et Nausicaa pour qu'ils puissent se laver et dormir. Après m'avoir révélé le but de leur voyage, ils étaient littéralement tombés de sommeil sur leur chaise, à la manière des très jeunes enfants, comme si le fait d'avoir enfin pu me le dire les avait soulagés d'un poids qui leur avait paru jusque-là épuisant.

Du coup, je me trouvais chez Agnès-des-Calanques qui occupe un arbre presque au bout de la ZAD, sur le chemin qui va au Chêne-à-Leu. Agnès est une conteuse pour enfants. Elle est allée, elle aussi, tant que son âge le lui permettait, dans les Arbres-Écoles ou les Arbres-Bibliothèques pour raconter ses histoires.

Souvent, ses récits étaient imprimés, comme le serait peut-être le poème de Soraya-des-Mauges. Ce n'est plus si fréquent aujourd'hui où l'on imprime seulement à l'ancienne, avec des presses à bras, sur de très beaux papiers fabriqués en petite quantité. Les plus anciens, comme moi, se souviennent du monde de la Fin, envahi par des milliers de livres parmi lesquels on ne savait plus quoi choisir.

Je me suis demandé si ce genre de « détail », comme disait Nausicaa, les intéresserait, elle et les Cueilleurs d'histoires.

Était-ce à dire que j'avais déjà accepté leur proposition ?

Je me retournais sans cesse dans mon lit. Je ne savais plus, par moments, si je dormais ou pas. Je me promenais dans une zone incertaine, sur la frontière imprécise qui sépare la veille du sommeil et le présent du passé. Je me demandais, encore une fois, si la Douceur n'était pas le rêve de l'adolescente traquée que j'avais été, si je ne retrouverais pas le monde de la Fin au réveil, si tout ne s'évanouirait pas, les arbres, Agnès, Bakounine, mes jeunes visiteurs.

Des images revenaient en désordre depuis que, tout à l'heure, Révo avait prononcé le nom de Clara Pitiksen et que celui d'Émilie Ambricourt avait été évoqué. Quand je les avais connues, Émilie et Clara, elles avaient un peu plus de vingt-cinq ans et moi dix-huit. Elles m'avaient traitée tout de suite en petite sœur. J'étais alors une fugitive apeurée dans le monde de la Fin, une gamine qui avait laissé derrière elle un cauchemar. Imaginer que Révo et Nausicaa soient leurs descendantes me renvoyait, encore une fois, à l'image d'Ouroboros.

La ressemblance de Révo avec Clara, surtout, contribuait à ce télescopage d'époques si différentes.

Mais je ne voyais pas seulement, dans ce vrai-faux sommeil, les visages de Clara et Émilie se superposant à ceux de Révo et Nausicaa.

Je voyais aussi Étienne Le Vigan, je voyais le Capitaine, je revoyais Karim, bien sûr. Je revoyais les rues de N., le village de yourtes sur la plage de Merlicourt, je revoyais des courses nocturnes au milieu des oyats dans les dunes, sur des landes, dans des forêts, à travers les champs, alors que le gaz lacrymogène nous faisait pleurer et que des voix glacées hurlaient des ordres dans des haut-parleurs au milieu de la lueur mêlée des incendies et des gyrophares bleus.

Je voyais des aires d'autoroute, des charges de police, d'autres nuits sur les bancs des squares, au milieu des SDF. Je voyais mon chat Verlaine, le premier de la lignée de ceux qui m'ont accompagnée toute ma vie, jusqu'à Bakounine qui devait en ce moment s'être niché dans la chaleur de Révo endormie.

Je voyais le visage de ma mère.

Je crois bien qu'à un moment j'ai crié.

– Ça va, Macha ? Tu n'arrives pas à dormir ? m'a demandé Agnès depuis sa chambre à l'autre bout de la pièce.

– Non, pas vraiment...

– Moi non plus...

Une branche de son arbre est venue taper contre le verre intelligent de la chambre où je me trouvais. La vitre, souple, s'est creusée plutôt que de se briser, prenant la forme des branchages.

Je me suis levée, j'avais soif.

Agnès aussi est sortie de son lit, en écartant une tenture aux motifs aztèques. Nous nous sommes retrouvées toutes les deux face à face, dans la grande pièce éclairée doucement par les lampions solaires qui faisaient des taches multicolores sur nos chemises de nuit en lin.

On aurait dit deux fantômes dans une boîte de nuit.

Mais qui se souvenait de ces endroits qu'on appelait boîtes de nuit ? Ce n'est peut-être pas plus mal, d'ailleurs. Chacun y dansait pour soi, enfermé dans sa bulle...

– Je vais nous faire une tisane qui va nous calmer, a dit Agnès en se dirigeant vers son coin-cuisine. Mon mélange passiflore, valériane et pavot, ça te va ?

– D'accord.

Je me suis assise en soupirant à la table centrale. Je me sentais épuisée et j'éprouvais douloureusement le contraste entre ces images si précises de ma jeunesse et la réalité de mon corps de cent sept ans.

Agnès est revenue avec deux bols fumants.

Une chouette est apparue, la tête à l'envers, dans l'encadrement d'une fenêtre. Les lampions teignaient son plumage en mauve. Elle semblait se demander ce que deux vieilles folles comme nous pouvaient bien faire debout à cette heure de la nuit.

– Qu'est-ce que tu vas décider ? a demandé Agnès.

– Je ne sais pas.

– Cela fait combien de temps qu'on se connaît, Macha ?

– Je ne m'en souviens plus.

– Moi je m'en souviens : cinquante ans ! Je suis arrivée dans cette ZAD pour raconter mes histoires aux minots et je suis restée parce que je suis tombée amoureuse de Fred-le-Galet-Blanc. Tu t'es révélée la meilleure amie du monde. Je t'ai tout raconté, pendant toutes ces années. Comment mes parents avaient quitté Poitiers alors que ma mère était enceinte, comment je suis née dans une ferme du Liminbout, à Notre-Dame-des-Landes, qui venait d'être aménagée en clinique, et que l'on m'a considérée comme un des premiers bébés nés dans une ZAD. Je t'ai raconté comment je suis partie vers le sud à dix-neuf ans avec Ivan, mon amoureux de l'époque. Comment nous avons visité des centaines de ZAD et comment nous avons vu la Douceur s'installer presque naturellement et devenir notre mode de vie. On restait un jour, une semaine, un mois, on croisait, sur des routes de moins en moins fréquentées par les voitures et les camions, des milliers de personnes, qui marchaient et qui cherchaient où s'installer, où trouver une ZAD qui leur convienne ou même un endroit pour créer la leur. Ce n'étaient plus les zadistes du début, ceux que tu as connus, toi, avec leurs dreadlocks et leur pantalon de treillis. Non, c'étaient des gens qui avaient vécu jusque-là normalement. Ils avaient abandonné leurs véhicules, faute d'essence, et ils marchaient un peu au hasard. Il y en avait habillés comme des randonneurs et d'autres en costume-cravate ou en tailleur, qui donnaient l'impression d'avoir quitté leurs bureaux quelques instants plus tôt. Ils poussaient parfois des landaus ou transportaient leurs enfants dans une remorque derrière leur vélo. On faisait, Ivan et moi, des bouts de chemin avec eux.

« Je t'ai raconté aussi le mélange étrange de peur et de bonheur partagé par tous ces gens à l'idée que ça y était, la vie allait changer, qu'on pouvait abandonner son travail, son passé et recommencer ailleurs, autrement. Je t'ai raconté comment, sur ce pont d'Argenton-sur-Creuse, Ivan a jeté son smartphone dans la rivière et qu'il a été suivi par la dizaine de familles qui marchaient avec nous. Tout y est passé, les téléphones, les tablettes, les PC, les papiers d'identité, les cartes de crédit. Tout ça dans la Creuse… Et on riait comme des fous. Bonjour la pollution, en même temps ! Mais c'était un symbole, tu comprends… Des gendarmes sont arrivés, oh pas beaucoup, quelques-uns qui n'avaient pas encore déserté. Ils voulaient protéger la ville des pillards, alors qu'il y en a eu très peu, en fait, par rapport à la masse de population qui a tout laissé tomber.

« Ces gendarmes nous ont vus faire, et eux aussi ont eu le regard qui a changé, comme s'ils avaient eu une espèce de révélation. Ils ont à leur tour jeté leurs képis, leurs pistolets, leurs talkies-walkies dans la Creuse. Leur chef, un gradé, un adjudant ou un lieutenant, je n'ai jamais su reconnaître les grades, avait l'air au bord des larmes. Il n'a même pas essayé de les raisonner, ni eux ni nous… Il a quitté le pont en repartant d'un pas lourd et quand tout notre groupe a continué sa route et traversé Argenton, on l'a revu qui buvait un verre à la terrasse d'un bistrot, avec des petits vieux qui rigolaient. Je crois même qu'il nous a souhaité bonne chance et qu'il a murmuré un truc comme quoi, s'il était plus jeune, il ferait la même chose… Tu te souviens que je t'ai raconté tout ça, Macha ?

– Oui, ai-je répondu, je me souviens…

– Je t'ai aussi raconté pourquoi mes parents avaient quitté Poitiers pour arriver sur la ZAD de Notre-Dame-des-Landes. C'était en… ah, j'ai perdu le compte des années, c'était au début des années 20 de l'autre siècle. Mon père était un syndicaliste, et les syndicalistes ont vite été mal perçus quand les gens du Bloc Patriotique ont pris le pouvoir. Ma mère était une immigrée roumaine, elle faisait partie des citoyens de l'Europe, pourtant, mais mes parents n'ont pas pu se marier pour qu'elle puisse avoir la nationalité française. À cause des nouvelles lois votées par le Bloc…

Agnès me regardait droit dans les yeux. Je voyais où elle voulait en venir. Elle a continué :

– Je t'ai raconté comment on a essayé de l'expulser, comment les voisins du HLM où vivaient mes parents et des associations ont voulu empêcher ça, en interdisant à la police d'entrer dans le quartier, mais comment, quelques heures après, les CRS sont arrivés par fourgons entiers. Ça a commencé à matraquer dans tous les coins et mon père avec ma mère enceinte ont juste eu le temps de prendre la voiture d'un pote et de tracer la route... Je t'en ai raconté, des choses, moi, en un demi-siècle, Macha...

Oui, je voyais où elle voulait en venir mais j'ai fait semblant de ne pas comprendre.

J'ai plongé le nez dans ma tisane. J'adore la valériane, comme les chats.

J'ai espéré qu'Agnès allait passer à autre chose. Mais je ne me faisais pas d'illusions : Agnès-des-Calanques est une têtue et je crois bien que c'est pour ça qu'elle est mon amie, d'ailleurs.

Impitoyable, elle a poursuivi :

– Mais, toi, Macha, tu ne racontes jamais rien... Jamais. Tu m'as montré quelques photos dans ton coffret aux reliques, mais avec des explications très vagues, très très vagues.

– Ce n'est pas vrai...

– Ne fais pas l'enfant...

– Hé, dis donc, j'ai cent sept ans !

– L'un n'empêche pas l'autre. Au contraire. Tu n'as jamais rien raconté sur ta vie avant la Douceur, Macha, rien du tout. Je viens de découvrir, par exemple, au bout de cinquante ans d'amitié, par ces trois jeunes venus du Nord, que ton nom de famille était Patrikios, Macha Patrikios...

– Quelle importance ! D'ailleurs, ce n'est même pas tout à fait vrai...

– Ne détourne pas la conversation ! Je m'en fiche, d'une certaine manière, que tu te sois appelée Patrikios ou Tartempion. Je trouve bien plus jolis nos noms dans la Douceur. Ce que je suis en train de t'expliquer, c'est que tu n'as jamais parlé de ton passé avant les ZAD et la Douceur. Jamais, ni à moi ni à personne. Tu m'as raconté tes compagnons, tes enfants, tes petits et arrière-petits-enfants, mais je ne sais pas qui tu étais avant tout ça...

– Tu pouvais me le demander...

– Mais je l'ai fait, Macha ! Je l'ai fait. En cinquante ans d'amitié, tu penses... Mais tu as toujours éludé, en prétextant des choses plus urgentes ou bien en disant que tu avais oublié... Je ne t'ai jamais entendue, par exemple, parler de Clara Pitiksen ou d'Émilie Ambricourt, et je savais à peine que tu venais de la ZAD de Merlicourt. Et pourtant, quand nos trois visiteurs ont parlé de ça, tu as changé de couleur, sous tes charmantes rides... Je te connais, Macha... Tu ne dis pas grand-chose, tu es secrète, voire un peu menteuse quand ça t'arrange. Je sais que tu fais marcher ce pauvre Euclide-le-Caressant alors que tu prétends que c'est lui qui te poursuit de ses assiduités, je sais que si tu assures ne pas aimer le miel, tu vas pourtant t'en gaver en cachette dans les ruches du côté de la combe de la Vouivre. Je n'ai jamais compris d'ailleurs pourquoi ! Ce n'est pas un crime, d'aimer un peu trop le miel...

Le pire, c'était qu'Agnès avait raison. Le coup du miel, c'était pour le bonheur enfantin de me cacher. Un reste du monde de la Fin chez moi, sans doute, où certains plaisirs étaient d'autant plus forts qu'ils étaient interdits ou mis sous surveillance...

– Je ne vois pas le rapport avec Hilo, Révo et Nausicaa...

– Eh bien moi, je le vois, Macha. Tu te retrouves confrontée à ton histoire, enfin. Tu me diras, à cent sept ans, il était temps. Tu as eu en face de toi, hier soir, deux descendantes de filles qui t'ont connue et, d'après ce que j'ai compris, qui t'ont aidée à l'époque où tu avais dix-huit ans. Mais tu as eu l'air tellement... coincée quand Révo et Nausicaa t'ont parlé d'elles...

– Je n'ai pas été coincée, n'exagère rien ! J'étais émue, je n'avais pas pensé à tout cela depuis des siècles...

– Je n'en suis pas si sûre. Je crois au contraire que tu y penses très souvent, que tu en rêves, peut-être pas chaque nuit, mais très régulièrement... Je me trompe ?

Agnès était diabolique. Ma vieille copine avec ses yeux qui riaient toujours, pleins de bienveillance et d'ironie gentille, me connaissait parfaitement, mieux que moi peut-être. Mais sans doute est-ce cela l'amitié...

– Je pense que tu ne peux pas te dérober, Macha.

– Je n'ai pas envie d'aller à la ZAD de Merlicourt...

– C'est juste deux jours de voyage en buggy ! C'est Hilo qui te l'a dit.

– J'ai cent sept ans, ma vieille !

– Et tu montes encore à cheval !

– Plus très bien !

– Et notre dernière balade jusqu'à la ZAD de Honfleur ? On a campé à la dure, en plus, et c'était il n'y a pas trois mois.

– Ressers-moi de la tisane, j'ai besoin de dormir.

– Tu ne trouveras pas la réponse dans le sommeil. De toute façon, passiflore ou valériane, on est trop énervées pour dormir.

– Tu viendrais avec moi, Agnès ?

– Non, je pense que, pour ce que tu as à faire, il vaut mieux être seule, concentrée. Tu écriras la journée et tu liras le soir ce que tu as écrit, d'après ce que j'ai compris... Ils vont faire venir tous les Cueilleurs d'histoires d'un peu partout, ils recopieront ce que tu liras. C'est l'affaire d'un mois ou deux... trois au maximum... Tu seras revenue pour l'automne, avec en plus un beau livre à mettre dans notre Arbre-Bibliothèque.

Agnès m'a versé de nouveau de la tisane et, avec un clin d'œil, y a ajouté une cuiller de miel.

– Je n'ai pas forcément envie de revivre tout ça...

– Je ne doute pas que cela ait été dur, mais cela a été dur pour tout le monde à cette époque. Peut-être plus pour toi, je ne sais pas. Pour le savoir, je lirai ton récit à ton retour de Merlicourt.

– Je n'ai pas dit oui...

– Je te répète que tu ne peux pas te dérober. D'abord, je trouve que cette mission que se sont donnée les Cueilleurs d'histoires est une nécessité. Et puis tu as vu à quel point Révo et Nausicaa ont été émues quand elles t'ont montré les textes de Clara Pitiksen et d'Émilie Ambricourt dans lesquels il était question de toi ? Toi aussi, tu en avais les larmes aux yeux !

C'était vrai, et pourtant il ne restait presque rien des journaux intimes tenus chacune de son côté par Clara et Émilie au début de leur arrivée dans les ZAD.

Nausicaa m'avait tendu la veille au soir, la main tremblante, les vieux carnets Clairefontaine, mais la plupart des pages avaient été effacées par le temps et l'humidité. À Merlicourt, la bibliothèque de la ZAD avait fait ce qu'elle avait pu pour protéger ces carnets récupérés après la mort de Clara et d'Émilie mais l'essentiel était perdu.

C'est le cœur serré que j'avais ainsi appris de la bouche de Nausicaa qu'Émilie était morte, probablement noyée, un jour de tempête, alors qu'on lui avait déconseillé de faire du char à voile. Elle avait été emportée à l'âge de soixante-douze ans par une vague et on avait retrouvé la carcasse du char à voile, fracassée, du côté du fort d'Ambleteuse.

Quant à Clara, avec son moral de survivante depuis l'adolescence, elle était morte seulement cinq ans plus tôt, dépassant légèrement mon record puisqu'elle avait atteint les cent huit ans et demi et n'avait jamais, m'a précisé Révo, les yeux brillants de larmes retenues, tout à fait perdu son accent scandinave quand elle parlait en français.

J'avais caché mon émotion, me disant que j'étais une idiote, que j'aurais pu les revoir, Clara et Émilie, puisqu'elles étaient revenues vivre à Merlicourt leurs dernières années et que nous n'étions distantes, finalement, que de trois cents kilomètres, même si cela représente à nouveau une vraie distance dans le monde de la Douceur.

J'avais feuilleté les carnets, déchiffrant mon nom ici et là. Dans un des carnets de Clara, après des années sans notes, on lisait un dernier paragraphe :

Penser à parler à mon arrière-arrière-petite-fille, Révolution, qui est une Cueilleuse d'histoires, de Macha Patrikios, alias *Macha-des-Oyats. Son histoire est à la fois cruelle et exemplaire du monde de la Fin. J'ai entendu dire qu'elle vivait dans une ZAD de Normandie, peut-être bien celle d'Équemauville. Macha, cette petite sœur des temps héroïques, ne doit plus être toute jeune non plus. Nous n'avions jamais que huit ans ou neuf ans d'écart à l'époque.*

J'avais refermé le carnet, j'avais regardé ma main bronzée et ses veines bleues qui saillaient.

J'avais alors entendu la voix de Révo :

– C'est la dernière chose qu'elle ait écrite. Clara est morte paisiblement le lendemain, dans son arbre. Elle avait voulu une cérémonie mortuaire semblable à celle de ses ancêtres vikings de Norlande. On l'a portée sur une barque, on l'a allongée dans sa plus belle tunique. Malgré son âge, ses cheveux blonds n'avaient pas bougé. Un chalutier a tracté la barque jusqu'au large. Et puis les meilleurs tireurs à l'arc ont enflammé leurs flèches et ont visé la barque enduite de poix. Elle s'est embrasée en même temps que le soleil se couchait. On était des centaines sur la plage de Merlicourt. J'avais seize ans et je sais que je n'oublierai jamais ce moment.

Révo avait dégluti.

J'avais deviné sans la voir qu'elle retenait de plus en plus difficilement ses larmes, car j'étais restée les yeux fixés sur ma vieille main et sur le carnet rouge à la couverture passée, à la reliure qui se déchiquetait. Ce carnet où avait écrit ma chère Clara Pitiksen.

– C'est Hilo, avait repris Révo, qui a déchiffré ces carnets, il y a à peine deux mois. Il a découvert cette note qui nous avait échappé auparavant parce que les deux pages étaient collées. C'est comme ça que nous avons su pour vous...

J'étais plongée dans mes pensées, j'ai presque oublié que j'étais dans l'Arbre d'Agnès, et j'ai senti le sommeil qui revenait. C'était sans doute les effets de la tisane. Agnès, inquiète, m'a secouée :

– Macha, ça va ?

J'ai inspiré et dit presque machinalement :

– Ouroboros... La Douceur est juste un rêve... Je vais me réveiller dans la Résidence...

– Qu'est-ce que tu racontes ? Tu es en sueur...

– Rien, je déraille.

Je me suis levée, je me suis passé le visage à l'eau.

– Bon, vous avez gagné, j'irai à Merlicourt raconter ma vie aux Cueilleurs d'histoires.

Agnès s'est rapprochée de moi.

Et elle m'a serrée dans ses bras, longuement.

5

Après la conversation avec Agnès, je suis retournée me coucher. J'ai dormi un peu plus calmement, mais cela n'a pas empêché que je me réveille avec l'aube, à cette heure du matin profond qui rend fous les oiseaux dans les arbres.

Agnès-des-Calanques, elle aussi, était déjà réveillée. On a pris un petit déjeuner, sans dire un mot. La ZAD s'éveillait lentement dans l'été, comme un grand corps forestier qui s'étirait.

On entendait les premiers cris des enfants qui se baignaient dans les bassins ou qui jouaient dans les arbres. Les lampions solaires s'éteignaient en douceur.

Au loin, porté par le vent, il y avait le bourdonnement léger des panneaux solaires qui se tournaient vers l'est.

– Tu n’as pas changé d’avis, Macha ?

– Non. Tu m’as convaincue. Je te débarrasse le plancher. C’est ça que tu voulais, non ? Tout ça pour te laisser lutiner par Euclide-le-Caressant…

On a ri toutes les deux, et Agnès a même dit :

– C’est vrai que je suis en manque de carottes, ces temps-ci !

Nos rires ont redoublé. On avait à nouveau dix-sept ans et je me suis dit que, pour ce qu’on allait me demander du côté de la ZAD de Merlicourt, c’était une bonne préparation… En revanche, ce que je raconterais serait certainement beaucoup moins joyeux que ce petit déj’ entre copines.

– Ils t’ont donné rendez-vous devant la ferme de Pleine Sévette, c’est ça ?

– C’est ça…

– Tu repasses à ton arbre ?

– À quoi bon, j’ai tout ce qu’il faut. Et je ne vais pas emmener Bakounine avec moi. Il est trop vieux. Tu t’occuperas de lui, Agnès ?

– Bien sûr, Macha…

On a terminé notre thé Oolong qui venait de la Confédération des communes de Chine, leurs ZAD de par là-bas. Tous les six ou sept mois, on voit des ballons dirigeables de transport siglés de l’idéogramme qui signifie, paraît-il, l'harmonie. Ils se posent en douceur du côté du Chêne-à-Leu.

Ensuite, depuis leur vaisseau, les Chinois sillonnent les ZAD de la région et échangent du thé, de la soie, des épices contre notre vin, notre cidre, nos bijoux ou nos vêtements de lin coloré. Il est fréquent que certains d'entre eux restent avec nous, comme Mo Yan, un ami à moi installé dans notre ZAD depuis quinze ans et qui fabrique des feux d'artifice pour les fêtes du solstice.

À l'inverse, certains de chez nous repartent avec eux, comme ma deuxième fille, Nuage, qui voulait voir le monde et qui s'est installée dans une commune du Yunnan.

Elle ne doit plus être très jeune non plus, ma chère Nuage, que je n'ai jamais revue mais dont je reçois des nouvelles de temps à autre, par les dirigeables chinois. Elle a eu une nombreuse descendance, et ça m'amuse de penser que plein d'enfants de mon sang se souviennent de l'ancêtre Macha en parlant mandarin.

Enfin, j'espère qu'ils ne passent pas leur temps à ça, notre vie n'est pas faite pour ressasser le passé, même si c'est justement ce que vont me demander Hilo, Révo et Nausicaa...

J'ai alors pensé au beau physique de Hilo et je me suis demandé, un instant, si ses yeux bridés au regard gris-bleu, ses cheveux noirs et son teint cuivré n'étaient pas le fruit d'un amour entre une belle Chinoise descendue d'un dirigeable et un zadiste de Merlicourt. Il faudra que je pense à lui en parler. Il n'y a pas de raison que ces jeunots soient les seuls à fouiller dans le passé des très vieilles femmes…

– Tu m'accompagnes jusqu'à Pleine Sévette ? ai-je demandé à Agnès.

– Évidemment…

J'ai rempli un sac de toile avec quelques affaires de toilette prises dans la salle de bains d'Agnès. Je n'avais pas besoin d'autre chose. D'abord, parce que les buggys offrent juste de la place pour les passagers et que, dans la Douceur, on trouve de tout dans chaque ZAD.

Nous sommes descendues de l'arbre d'Agnès et nous avons marché dans la douceur du matin, vers la ferme de Pleine Sévette.

– Il paraît que tu t'en vas, Macha ? a dit Euclide-le-Caressant qui lisait dans une clairière, sur une chaise longue, en surveillant une petite fille qui barbotait dans un bassin.

– Comment tu sais ça, vieux malin ?

Il a souri, avec un rien de mélancolie dans ses yeux verts.

– Ce sont tes visiteurs qui m'ont un peu raconté tout ça, en quittant ton arbre, tout à l'heure. Tu veux que je m'occupe de Bakounine en ton absence ? ou que je vérifie que ton arbre se porte bien ? Ton escalier aurait besoin d'un coup de peinture…

– Tu es gentil, Euclide. Agnès me l'a proposé aussi, mais deux amis comme vous ne seront pas de trop.

Il a quitté sa chaise longue, j'ai admiré sa silhouette encore droite pour un centenaire ainsi que sa belle chevelure blanche, à peine clairsemée, qui retombait en flots neigeux sur sa tunique bleu outremer.

– Tu vas me manquer, Macha…

– Je ne pars pas pour toujours, Euclide…

– Tu sais, à nos âges…

J'ai caressé son visage :

– Je serai là avant l'automne, Euclide…

– Alors je vais tâcher de rester vivant.

– Rester vivant, voilà une devise qui me plaît.

Il a pris dans ses bras la petite fille qui venait de ressortir du bassin. Il était encore bien vigoureux.

– C'est mon arrière-arrière-petite-fille, Victorine. Deux ans aujourd'hui. Mais tu la connais, c'est la fille de Léa-des-Ramures et de Jean-de-l'Aiguille. Une petite-cousine de Soraya-des-Mauges… Dis au revoir à Macha, Victorine…

La petite fille a agité sa main potelée avant que nous ne poursuivions notre chemin avec Agnès.

La ferme de Pleine Sévette était le lieu historique de la ZAD d'Équemauville.

À l'origine, c'était cette ferme abandonnée qui avait été occupée vers la fin des années 10 par les zadistes de l'époque. Ils s'opposaient à ce qu'un complexe touristique de luxe s'installe à la place des prairies, de la forêt et des champs.

Là comme ailleurs, il y avait eu des affrontements avec la police, des blessés chez lez zadistes, parfois très graves. Mais ils avaient tenu. Après des batailles homériques dans les forêts, finalement on les avait laissés s'installer. Il faut dire que la police avait fort à faire dans les villes à cause des attentats terroristes et des émeutes dans les banlieues, surtout après l'arrivée du Bloc Patriotique au pouvoir. Et, finalement, ces jeunes et ces paysans ne causaient du tort qu'à quelques promoteurs.

Dans un des corps de bâtiment, il y avait un petit musée où l'on pouvait voir des photos jaunies des affrontements, la carcasse d'une pelleteuse incendiée, des casques et des boucliers pris aux CRS, des fusils lance-grenades, des plans expliquant le projet d'origine et d'autres montrant les premières installations zadistes, une reproduction grandeur nature des chicanes installées sur les chemins pour ralentir l'avancée des compagnies de gendarmes mobiles.

On pouvait aussi y voir des reproductions de graffitis et des tags qui avaient orné les murs de la ferme. « *ZAD ici, ZAD là-bas, ZAD partout !* », « *Les loisirs des riches ne sont pas de riches loisirs* », « *Les arbres ne jouent pas au golf !* » ou un étonnant « *Mickey facho, Jeanne d'Arc complice !* »

Mais ce n'était pas dans ce musée que je me rendais.

Nous nous sommes dirigées avec Agnès vers le garage des buggys.

Les deux véhicules qui avaient servi à Nausicaa, Révo et Hilo depuis Merlicourt étaient déjà garés à l'extérieur. Nausicaa faisait tourner l'un des moteurs électriques pour vérifier que les batteries solaires avaient fait le plein, et Hilo resserrait des boulons par-ci par-là. Révo discutait avec 25-Avril, la mécanicienne de notre ZAD : toutes les deux étaient accroupies devant une très vieille carte routière IGN qui partait en morceaux, sans doute pour discuter de l'itinéraire du retour.

C'est Nausicaa qui nous a vues la première. Elle a eu un sourire radieux, est descendue du buggy et m'a serrée contre elle :

– Merci, Macha-des-Oyats, merci… J'étais sûre que vous seriez là !

– Alors, tu en savais plus que moi… n'ai-je pu m'empêcher de persifler.

– Nous pouvons nous mettre en route ! a dit Hilo.

– Grâce à 25-Avril, je crois que nous avons peut-être trouvé un itinéraire plus rapide pour revenir à Merlicourt, est intervenue Révo, la tête déjà recouverte d'un casque qui lui donnait une allure presque enfantine.

Elle a expliqué :

– À l'aller, nous avons cru plus rapide de longer la côte entre Merlicourt et ici. Plein sud, et puis plein est. Mais on a oublié la montée des eaux. Les routes du littoral sont souvent coupées et il a fallu faire des détours par les terres. Et les suspensions de nos buggys n'ont pas apprécié... D'après 25-Avril, qui voit beaucoup de voyageurs passer, il serait plus sage de partir vers Rouen et de rejoindre l'ancienne autoroute qui mène vers Abbeville.

Un deltaplane s'est posé sur la piste derrière la ferme, alors qu'un autre décollait dans le ciel bleu sans nuages.

– J'aurais eu cinquante ans de moins, j'aurais préféré ça pour voyager... ai-je dit en désignant les deltaplanes. Parce que je connais les buggys et ça va secouer mes vieux os...

– Ne râle pas comme ça, a dit Agnès en riant pour cacher son émotion.

– On a de très bons amortisseurs, vous savez, Macha ! a tenté de me rassurer Hilo en me tendant un casque.

Après les dernières embrassades avec Agnès et 25-Avril, nous nous sommes mis en route. Révo et Nausicaa dans le buggy de tête, Hilo et moi dans le second.

Je n'avais jamais tellement aimé ces engins. Je préférais les chevaux mais je devais reconnaître que le bruit des moteurs était relativement faible. Il n'empêchait pas les conversations, mais je n'avais pas plus envie de parler que ça...

Nous avons pris l'ancienne route de Rouen et, en haut de la première colline, je me suis retournée. J'ai vu ma ZAD devenue toute petite, les arbres et leurs maisons aériennes, les silhouettes élégantes des puits géothermiques, la ferme de Pleine Sévette, des chevaux qui couraient librement dans un pré, les carrés bleus des champs de lin qui alternaient avec les carrés jaunes de colza.

J'ai eu, un instant, le cœur serré.

Et puis le plaisir de la route a pris le dessus quand nous avons atteint notre vitesse de croisière.

– Vous voulez de la musique, Macha ? J'ai bricolé un vieil autoradio et j'ai trouvé des CD lors d'une expédition dans une ancienne zone commerciale d'Amiens. Par la Douceur, que c'était vilain et triste, ce coin-là ! Mais il faut reconnaître qu'il y avait de bonnes choses dans la musique de la Fin. Vous pouvez regarder dans la boîte à vos pieds, vous retrouverez peut-être des choses que vous aimiez quand vous étiez adolescente.

Comment lui expliquer que, chez Étienne Le Vigan, on n'écoutait pas trop de musique… Je me suis tout de même penchée en avant, sans que mon dos me fasse mal, ce qui m'a paru bon signe, et j'ai regardé dans la boîte. Hilo avait dû pêcher un peu tout et n'importe quoi lors de son expédition amiénoise. Il y avait du rhythm and blues, du rock, et j'ai trouvé l'album *Back to Black* d'Amy Winehouse.

Je me suis souvenue que Karim adorait cette chanteuse morte en juillet 2011, à vingt-sept ans, à cause de trop de drogue, de trop de médicaments, de trop d'alcool. Le monde de la Fin n'épargnait pas les cœurs fragiles et les âmes sensibles. Elle avait chanté ce désespoir comme personne, Amy Winehouse.

J'ai glissé le CD dans la machine bricolée par Hilo. Le ronronnement du moteur électrique et du panneau solaire qui s'orientait périodiquement à l'arrière du buggy pour capter le maximum d'énergie n'a pas empêché la voix de la chanteuse de s'élever dans cette chaude matinée d'été, rafraîchie par le vent de notre course.

J'ai aussitôt revu, aux premières notes de *Rehab*, Karim se serrer contre moi, senti sa bouche dans mon cou, sa main dans ma chevelure si brune alors, aussi brune que celle d'Amy Winehouse.

Ouroboros faisait décidément bien son travail.

Nos buggys filaient à bonne vitesse et nous en croisions parfois d'autres, ce qui était chaque fois l'occasion de grands signes amicaux et de coups de klaxon qui imitaient des pépiements d'oiseaux ou les premières mesures de chants révolutionnaires comme *Bella Ciao*, *El Paso del Ebro* ou *Le Temps des cerises*.

Parfois, la Seine laissait apparaître ses méandres langoureux. On devinait en contrebas les ZAD qui s'étaient établies là, j'en connaissais certaines, comme celle installée à Duclair. Il était loin le temps où le fleuve était affreusement pollué, soumis à un trafic intense de porte-containers géants. Maintenant, on voyait des enfants se baigner dans les reflets dorés, se faire signe d'un îlot à un autre...

La beauté du paysage m'a serré le cœur. J'ai eu encore, un bref instant, cette impression de vivre dans un rêve, dans un de ces jeux virtuels particulièrement élaborés qui existaient dans le monde de la Fin.

À un moment, comme il est de coutume dans la Douceur, nous nous sommes arrêtés pour aider un buggy en panne. Nausicaa et Hilo ont regardé avec le conducteur ce qui ne fonctionnait pas dans l'alimentation, tandis que Révo se faisait confirmer par le passager qu'il était toujours possible de contourner Rouen pour rejoindre l'ancienne autoroute d'Abbeville.

On a repris notre route, j'ai vu au loin Rouen et la flèche brisée de sa cathédrale recouverte de plantes grimpantes.

Hilo m'a tendu une paire de jumelles et j'ai distingué des dizaines de grands singes qui y avaient élu domicile. On a fait halte peu après, pour pique-niquer sur la côte Sainte-Catherine, qui offre le meilleur point de vue sur la ville.

Hilo, prévenant, a démonté le siège passager du buggy pour que je n'aie pas à m'installer à même l'herbe tandis que Révo étendait une nappe pour le pique-nique composé d'œufs et de fruits de notre ZAD, de l'eau fraîche des gourdes et – que la Douceur soit remerciée ! – d'une bouteille de vin ligure et d'une autre de notre cidre.

On a regardé la ville en contrebas.

Il y avait dans les vieux quartiers de la rive droite de grandes taches vertes : la forêt reprenait ses droits, et le tracé des rues médiévales était encore visible sous la forme de chemins entre deux haies végétales.

Sur la rive gauche, le paysage était plus désolant. La tour des Archives s'était effondrée. Heureusement, la Seine à nos pieds, scintillante, laissait voir des péniches fleuries qui circulaient en se faufilant entre les vieilles épaves des porte-containers. Des communautés entières vivaient ainsi sur des trains de péniches, se déplaçant avec lenteur à travers le réseau des canaux qui couvraient l'Europe.

– Cela vous aurait plu, Macha, de vivre sur une péniche ? m'a demandé à un moment Nausicaa qui avait suivi mon regard et me resservait un verre de vin ligure.

– Tout ce qui est lent, silencieux et calme me va, Nausicaa. En résumé, le contraire de ce qu'a été ma jeunesse que vous allez me forcer à vous raconter…

– On ne vous force à rien, Macha. Si vraiment vous le désirez, nous rebroussons chemin et les Cueilleurs d'histoires trouveront d'autres personnes.

Je l'avais vexée.

Je m'en suis voulu, elle ne méritait pas ça, ni elle, ni Révo, ni Hilo, ni ces Cueilleurs d'histoires qui voulaient mieux connaître le passé pour sauver l'avenir. Pour changer de sujet de conversation, j'ai désigné de mon gobelet le panorama qui se déroulait à nos pieds.

– Tu es au courant, je présume, que ton ancêtre, Émilie Ambricourt, a vécu dans cette ville ?

– Oui, mais je n'en sais guère plus. Les carnets que je vous ai montrés hier soir étaient très parcellaires, comme vous avez pu le voir. Et elle aussi, comme vous, n'a jamais éprouvé le besoin de raconter. Pas à notre génération, en tout cas…

– Elle a dû penser que ça ne vous servirait pas à grand-chose et que ça ne vous intéresserait pas.

– Eh bien, avec tout le respect que je vous dois, Macha, elle se trompait. C'est même pour cela que je fais partie des Cueilleurs d'histoires…

– C'est aussi à Rouen, dans mon souvenir, qu'Émilie a rencontré Clara Pitiksen, l'aïeule de Révo, avant d'aller à son tour en Norlande.

Mais Révo s'était mise à l'écart avec Hilo, au milieu d'herbes un peu plus hautes. Aux rires que j'entendais, ils ne devaient pas parler du passé.

Nous avons repris notre voyage. La chaleur augmentait et nous avons tiré les capotes sur les buggys. L'autoroute qui menait de Rouen à Abbeville était assez sinistre, remplie de nids-de-poule, de carcasses de véhicules de toutes sortes et d'aires abandonnées avec leurs stations-service où rôdaient des chiens retournés à l'état sauvage.

Parfois, des lapins ou des biches traversaient les quatre voies. Le pont qui franchissait la vallée de la Bresle menaçait de s'effondrer et Révo qui conduisait le buggy de tête a préféré passer par de vieilles départementales qui traversaient des communes abandonnées comme

Blangy ou Aumale. On roulait parfois au pas tant les chemins étaient en mauvais état.

On a passé une première nuit après Abbeville, qui était aussi abandonnée et qui était devenue, bien malgré elle, une cité de bord de mer à cause de la montée des eaux. La baie de Somme avait disparu, alors que dans ma jeunesse, au début de la Douceur, je me souviens comme la vie était douce dans la ZAD du Crotoy, quand on se baignait avec les phoques qui poussaient leurs cris étranges.

Le second soir, nous nous sommes arrêtés dans une ZAD forestière d'Auxi-le-Château et notre convoi s'est agrandi à la suite du repas pris le soir avec tous les habitants autour des tables dressées sous l'Arbre-Commun. En effet, d'autres jeunes gens de l'âge de Hilo, Révo et Nausicaa se sont révélés être eux aussi des Cueilleurs d'histoires et se sont montrés intéressés à l'idée d'écouter, soir après soir, le récit de mon enfance et de mon adolescence dans le monde de la Fin.

C'est donc une demi-douzaine de buggys qui sont arrivés le lendemain en fin d'après-midi à la ZAD de Merlicourt.

Elle avait bien changé depuis le temps de ma jeunesse !

Ce n'était plus simplement le village de yourtes sur les dunes entre les oyats et les quelques cabanes dans la forêt de pins qui jouxtait la station balnéaire. C'était désormais une vraie cité qu'on appelait encore ZAD en souvenir du passé.

À l'époque de ma jeunesse, cette ZAD de Merlicourt s'était créée contre un projet immobilier visant à transformer en une station branchée cette petite ville où venaient se reposer les gens modestes du Pas-de-Calais : un casino, des hôtels de luxe, une bulle climatisée façon Center Parcs, une marina pour les hors-bords, des parkings, des boîtes de nuit, un golf. Bref, adieu le camping, les vieux chars à voile fabriqués de bric et de broc, les friteries, les boutiques démodées qui vendaient des souvenirs kitsch, comme ces petits voiliers fabriqués dans des coquillages, ces statuettes de pêcheurs, ces sirènes sur des rochers, ces boîtes en carton qu'on retournait pour entendre le bruit des vagues…

Mais ce n'était pas le plus grave : ce projet allait détruire l'écosystème des oyats, comme on appelle par ici les plantes qui stabilisent les dunes tout le long de la plage. Et c'était ici, évidemment, que j'avais gagné mon nom de Macha-des-Oyats…

Maintenant, on voyait des maisons intelligentes dans tous les arbres de la pinède, et les yourtes s'étaient perfectionnées, avec chacune une petite centrale solaire. La ville de Merlicourt, elle aussi, était désormais habitée par les zadistes. La montée des eaux l'avait transformée en petite Venise. On circulait entre les villas du début du XXe siècle et les maisons de brique rouge par un réseau de passerelles. Des barques glissaient en dessous, pilotées à la façon des gondoles par un zadiste qui poussait depuis l'arrière sur une grande rame. Certaines rapportaient du poisson, d'autres des marchandises diverses. Un nouveau port avait été créé un peu plus loin, avec deux digues où attendait une petite flotte de chalutiers.

J'ai pensé que ce devait être un de ces bateaux de pêche qui avait remorqué au large la barque funéraire de Clara Pitiksen avant que, depuis le quai, les archers ne l'enflamment et que mon amie ne rejoigne ainsi son Walhalla.

J'ai été présentée à toute la ZAD dans l'ancienne mairie de Merlicourt flanquée de son école primaire, qui tenait lieu désormais de Maison Commune. Sur le fronton du bâtiment, à moitié effacée, on pouvait lire cette devise qui finalement aura dû attendre la Douceur pour prendre tout son sens : *Liberté, égalité, fraternité.*

Dans l'assistance, j'ai vu beaucoup de jeunes gens de l'âge de mes trois amis.

– Ce sont les Cueilleurs d'histoires, m'a soufflé Nausicaa. On avait parié avec Hilo et Révo sur votre venue et on a envoyé avant notre départ des pigeons voyageurs et des messagers en deltaplane. Il y en a qui viennent de très loin, vous savez, pour vous écouter, de Belgique, d'Allemagne, du Danemark… Ils attendront autant qu'il faudra, ne vous inquiétez pas. Vous avez tout votre temps pour rassembler vos souvenirs, prendre des notes, vous reposer…

Ensuite, on m'a laissé choisir le lieu où j'allais vivre les prochains mois. J'ai hésité entre une maison de Merlicourt qui donnait sur le port, une autre qui donnait sur la plage d'où on pouvait voir les blockhaus ensablés de la Seconde Guerre mondiale et, en se penchant un peu vers le nord, la masse de Hardelot et du Touquet ou, vers le sud, celle de Berck qui était devenue une île, toujours à cause de la montée des eaux.

J'ai aimé cet horizon ouvert, iodé, salé qui me faisait l'effet d'un élixir de jouvence. J'ai aimé les deltaplanes dans le ciel bleu, les chars à voile qui sillonnaient à toute vitesse, en tirant des bords, l'immense plage de sable s'étendant sur des dizaines de kilomètres.

Pourtant, au bout du compte, j'ai choisi la pinède.

J'avais tellement passé de temps dans les arbres que j'avais physiquement besoin d'eux, et puis ces maisons, même avec des vues aussi splendides, restaient des maisons, et les maisons m'étouffaient. J'avais de bonnes raisons pour ça.

On m'a donc donné un arbre dans la pinède. La pièce était belle et fraîche et sentait encore plus la résine que chez moi. Le mobilier était spartiate. Cela me convenait parfaitement.

– Je vous apporterai à manger chaque jour, m'a dit Révo rougissante en m'aidant à m'installer. L'escalier de cet arbre est un peu rude. Vos voisins ont pour consigne de ne pas vous déranger, mais si vous vous sentez un peu seule, si vous avez envie de voir la mer, il ne faudra pas hésiter à franchir la passerelle et à aller les voir.

Révo repartie, je me suis retrouvée face à moi-même.

Je ne pouvais plus éluder, me dérober.

J'ai vu les piles de papier vierge sur la table, un beau vélin crémeux et doux comme un pelage. Il y avait des encriers et des porte-plumes.

Une mouette a crié, quelque part au-dessus de moi, et j'ai eu l'impression qu'elle me disait, mi-ironique, mi-impatiente : « Il est temps de t'y mettre, Macha. »

Alors je m'y suis mise.

DEUXIÈME PARTIE

MACHA, OU LE MONDE DE LA FIN

6

Évidemment, je ne sais pas par quoi commencer. Les images se bousculent, dans le désordre le plus complet.

La pâleur de maman.

Le regard étrange du Capitaine quand je me baignais dans la piscine de la Résidence.

Un vase Lalique brisé sur un parquet impeccablement ciré.

Les boîtes de médicaments de maman dans sa salle de bains.

Le whisky quotidien d'Étienne Le Vigan dans son fauteuil Voltaire.

Verlaine qui ronronne sous mon anorak alors que je dors dans un jardin public, plus seule que je ne l'ai jamais été.

La neige au mois de mai, l'année de mes dix-huit ans.

Les bikers et leurs battes cloutées.

L'homme aux dents d'acier.

Une yourte en feu.

Olivier Le Vigan qui m'enfonce la tête sous l'eau pendant que j'apprends à nager sur la plage du Sillon à Saint-Malo.

Les caméras de surveillance de la Résidence qui voient jusque dans ma chambre.

Le Capitaine qui patrouille dans les allées trop droites, trop propres de la Résidence.

Un visage défiguré, brûlé, en sang, aveugle, qui fume, et des bras qui se tendent vers moi en implorant.

Du sang, encore, ou plutôt des traces de sang dans la cour de l'institution Saint-Bénodet, et une silhouette dessinée à la craie sur le sol.

J'ai cent sept ans…

Tout cela a un siècle ou presque…

Je fais comment, moi ?

7

Commencer par le commencement, tout simplement.

Ce sera plus facile.

Je suis née un 16 mai, dans les toutes premières années du XXIe siècle.

Mon premier souvenir est assez tardif. J'ai six ans à peu près et je joue seule dans une grande demeure de N., une métropole de l'Ouest, capitale régionale qui commande à l'estuaire d'un fleuve, célèbre pour son château, ses biscuits au beurre et la fortune de ses vieilles familles dans le commerce triangulaire.

J'apprendrai plus tard que la grande demeure se trouve dans le quartier de Sainte-Ursule. Là où les vieilles familles vivent dans des avenues calmes et profondes comme des cimetières. Des hôtels particuliers qui datent du XVIIIe siècle offrent au passant des façades austères mais, sur l'arrière, ce sont de beaux jardins touffus, ceints de hauts murs.

La nôtre, d'avenue, s'appelle rue Royale.

On pourrait dire que c'est un hasard mais c'est un hasard qui fait bien les choses. Dans la décoration compassée de notre maison, la fleur de lys, les portraits de Louis XVI, de Marie-Antoinette et du petit Dauphin, Louis XVII, mort dans sa prison du Temple, sont omniprésents. D'ailleurs, tous les 21 janvier, on fait maigre. C'est la date à laquelle Louis XVI fut guillotiné. Le Vigan affecte d'avoir des ancêtres nobles, se déclare monarchiste, appelle la République la « Gueuse » quand il boit des cognacs avec des amis notables, à la fin d'un repas trop arrosé.

Autre souvenir, toujours à six ans : je rentre de l'école avec maman. Je m'appelle à cette époque Marie Le Vigan, élève de cours préparatoire à l'école Notre-Dame-des-Mauves qui fait partie de l'institution Saint-Bénodet. Maman a l'air fatiguée, et cette fatigue ne cessera d'augmenter avec les années. Son teint est pâle, presque blême. Elle porte des lunettes de soleil. Son abondante chevelure noire est retenue dans un chignon strict. J'aime la chaleur de sa main dans la mienne. Elle me rassure, même si je sens que maman est fragile comme une brindille. Elle est mince, elle a un corps de gymnaste. D'ailleurs, comme je l'apprendrai plus tard, elle a fait beaucoup de gymnastique dans son adolescence.

C'est sans doute cette silhouette d'éternelle jeune fille, à la souplesse fascinante, qui a plu à Étienne Le Vigan.

Je ne vois pas d'autre raison. Ils sont tellement différents.

On me dit qu'Étienne Le Vigan est mon père. À quel âge me suis-je rendu compte que, s'il était mon père, c'était aux yeux de la loi, certainement pas à ceux de la génétique ? Je n'en sais rien, quelques années plus tard, sans doute, en regardant les photos de famille prises pour les Noël ou les communions.

Peut-être même avant, mais sans parvenir à mettre un mot sur la situation. J'étais trop petite pour ça.

Sur ces photos, on voit Étienne Le Vigan qui est grand, un peu trop gros, blond, toujours impeccablement vêtu. À côté de lui, maman, format tanagra, a cet air de fatigue, toujours, les yeux mangés par des cernes, les traits creusés. Elle donne l'impression d'être là par erreur. En vérité, c'est bien le cas, mais ça, je le comprendrai plus tard.

Autour d'eux, des enfants qui ressemblent à Le Vigan. Comme s'ils étaient passés par une photocopieuse ou issus d'un clonage.

L'aînée, Anne-Émeline, est le sosie de son père au féminin. Elle a déjà dix-sept ans. On sent qu'elle fait attention à son poids. Elle a obtenu de son père une opération de chirurgie esthétique, déjà, pour ses seins qu'elle trouvait trop gros.

Les seins d'Anne-Émeline, ça, ça a été une discussion récurrente autour de la table familiale. La grand-mère Le Vigan, alors encore vivante, disait qu'il fallait s'accepter comme on est. Anne-Émeline pleurait. Étienne Le Vigan susurrait, hésitant : « Il faut voir… Mon ami Desbours, le chirurgien de la clinique Thiers, me dit que c'est bénin. Il n'y a pas de raisons qu'Anne-Émeline se sente mal. Il ne faut pas condamner tous les aspects du progrès, tout de même. » Anne-Émeline aura gain de cause et bénéficiera d'une réduction mammaire en récompense de sa mention très bien au bac, l'année suivante.

Trois ans plus tard, elle sera mariée avec Loïc Morneville, lui aussi un rejeton d'une grande famille de N. qui vit dans le quartier Sainte-Ursule. Un avocat, comme Étienne Le Vigan. D'ailleurs, Loïc travaillera dans le cabinet de son beau-père, pendant quelque temps.

À peine moins âgé qu'Anne-Émeline, François-Xavier, le cadet. Lui, dans moins de quatre ans, il sera à HEC puis à Boston où il suivra des études de commerce international. Il y restera, à Boston, et épousera une Américaine. Je ne le verrai plus beaucoup.

On ne se retrouvera tous que de temps en temps, aux fêtes de famille, aux mariages, aux enterrements, aux communions, aux quatre-vingt-dix ans de la grand-mère Le Vigan.

Il en ira de même pour Anne-Émeline, Loïc et leurs six enfants. Ils vivront à Paris. Parfois, je verrai Anne-Émeline à la télé. Elle sera l'une des figures médiatiques de ce mouvement qui refusait le mariage pour tous.

Nettement plus jeune, sur les photos de famille de cette époque-là, il y a aussi Olivier Le Vigan. Il a trois ans de plus que moi. Olivier Le Vigan, lui, contrairement à Anne-Émeline et à François-Xavier qui quitteront assez vite le décor, je devrai faire avec et le subir pendant des années. Il restera longtemps dans la maison du quartier Sainte-Ursule, il me précédera de trois classes à l'institution Saint-Bénodet, Saint-Béno pour les intimes.

Sainte-Blenno pour les mauvais esprits, dont Karim.

J'ai mis longtemps à comprendre la blague.

Olivier sera mon cauchemar. Il a hérité du léger embonpoint de son père Étienne. Je ne parviendrais pas, aujourd'hui encore, à calculer le nombre de fois où je l'ai vu s'empiffrer dans la grande cuisine de la rue Royale, dès que la cuisinière avait le dos tourné. Car nous avons une cuisinière à domicile qui fait aussi femme de ménage et sert à table, les jours de réception.

Elle est sri lankaise, elle s'appelle Sharmila. Je ne sais pas encore ce que ça veut dire, sri lankaise, et puis je saurai et je comprendrai l'hypocrisie d'Étienne Le Vigan. Il ne cesse à table de brailler contre l'immigration, les étrangers, les musulmans, mais il emploie une clandestine.

Revenons à Olivier. Il sera mon ennemi acharné. D'abord, dès quinze ans, alors que j'en ai douze, il passera son temps à me croiser quand je sors de la douche, comme par hasard, et à essayer de faire tomber ma serviette.

À quinze ans également, il commencera à tenir un blog et aura un profil Facebook où il dira les mêmes horreurs que son père mais en les partageant avec des centaines, voire des milliers de tarés dans son genre. Il parlera des immigrés en écrivant qu'ils sont tous des voleurs, des violeurs, des profiteurs.

Quand, à onze ans, j'ai découvert Verlaine dans le jardin, tout amaigri, avec des traces de pelade dans son pelage roux et un œil crevé, que je l'ai soigné et nourri avec l'aide de Sharmila, Olivier n'a alors eu de cesse d'essayer de le coincer pour lui faire un sort.

J'avais appelé ce chat Verlaine, parce que maman, du temps qu'elle n'était pas enfermée dans sa bulle médicamenteuse, lisait beaucoup de poésie et aimait particulièrement Verlaine. Pour m'endormir, il lui arrivait de me réciter des poèmes de lui qui sont restés gravés pour toujours dans ma mémoire alors que je ne comprenais même pas le sens des mots mais que leur mélodie suffisait à me bercer :

Votre âme est un paysage choisi
Que vont charmant masques et bergamasques.

Un jour de la fin juin, comme mon année de seconde était terminée à Saint-Béno et que je cherchais un moyen de voir Karim pendant le long été qui allait venir, j'ai surpris Olivier jetant mon chat par une fenêtre du second qui donne sur la rue Royale.

J'ai donc fait ce qu'aurait fait Verlaine s'il avait eu le temps de se défendre. J'ai griffé de tous mes ongles le visage d'Olivier.

Aveuglé par le sang qui lui coulait dans les yeux, il a voulu me saisir à la gorge mais j'ai esquivé et je lui ai balancé un coup de Converse dans les genoux. J'avais visé plus haut, mais on ne réussit pas à tous les coups.

J'aurais préféré avoir des santiags, comme Karim. Il aurait eu plus mal. Olivier s'est quand même roulé par terre en beuglant : « Je vais le dire à père ! »

– Si tu ouvres ta vilaine bouche, Olivier, tu sais bien que je raconterai que tu fumes des joints en cachette.

– C'est pas vrai, a-t-il dit, le visage en sang et déformé par la douleur.

Je suis ressortie de sa piaule immonde pour aller récupérer Verlaine sur le trottoir. Il n'avait rien et miaulait à la porte. Dans la cuisine, Sharmila m'a souri d'un air désolé. Elle ne disait jamais rien mais elle avait compris depuis belle lurette les rapports des uns et des autres dans la maison de la rue Royale.

On a entendu maman depuis sa chambre du troisième, dont elle sortait de plus en plus rarement, demander d'une voix affaiblie :

– Mais pourquoi tout ce bruit ?

Elle avait son accent que je lui connaissais seulement quand elle était parfaitement détendue, ce qui était rare, ou qu'elle sortait du sommeil. Comme si elle retrouvait des racines dont elle m'a si peu parlé, au bout du compte. Cela faisait des années que, entre pilules roses, cachets blancs, gélules bicolores et gouttes comptées soigneusement dans des verres d'eau, elle dormait souvent, maman.

« Maniaco-dépression », avait diagnostiqué le médecin de famille, le docteur Duvert, qui lui aussi était parti manifester plusieurs fois contre le mariage pour tous, à Paris, où il avait dû retrouver Anne-Émeline dans les cortèges. Le comble, c'est que tout le monde dans le quartier Sainte-Ursule plaignait Étienne Le Vigan avec cette deuxième épouse, tout le temps malade. On admirait sa patience, sa générosité.

Le soir de la tentative de meurtre contre Verlaine, lors du dîner familial, alors que nous étions quatre autour de la table, Olivier, maman, moi et Le Vigan, celui-ci s'est exclamé :

– Mais que vous est-il arrivé, Olivier ?

J'ai senti qu'il était sur le point de tout balancer quand son regard a croisé le mien. Je suis restée impassible, j'ai juste mimé le geste d'une fumeuse de joint.

Olivier a dégluti.

– J'ai été agressé, père...

– Mais, grand Dieu, par qui donc ?

– J'étais allé acheter des livres pour réviser afin de me donner le maximum de chances quand je repasserai le bac l'année prochaine, père ! a-t-il dit d'un ton doucereux et pleurnichard, ce fayot. Mais il y avait une bande sur l'Esplanade, des Arabes et des voyous du quartier de la Fosse, certainement. Ils ont voulu me « dépouiller », comme ils disent, mais j'ai résisté...

– Grand Dieu ! a répété Étienne Le Vigan, mais vous vous rendez compte, Elena ?

Maman a dodeliné de la tête, les yeux vides, comme d'habitude. Cela pouvait passer pour une approbation.

– Marie, il n'y a pas de quoi sourire ! a tonné Le Vigan en me regardant.

– Je m'appelle Macha, monsieur…

– Cessez avec votre lubie, Marie ! Et ne m'appelez pas monsieur, je vous l'ai dit mille fois ! Appelez-moi père. Elena, je vous prie de rappeler à l'ordre votre fille…

D'une voix pâteuse, maman, qui n'avait pas touché à sa soupe, a obéi :

– Püppchen, sois gentille avec Étienne et appelle-le père…

– Si vous pouviez arrêter avec cette expression yiddish, Elena ! Vous savez à quel point cela me hérisse ! a dit d'un ton sec Étienne Le Vigan avant de se tourner vers son fils : Vous montrerez ça demain à Duvert, Olivier. Il doit passer dans la matinée pour renouveler l'ordonnance de votre belle-mère. Grand Dieu, vous êtes presque défiguré… Cette ville n'est décidément plus possible. Nous sommes submergés par la racaille ! Il faudra songer à se mettre à l'abri, un jour ou l'autre. Oui, il faudra songer à se retrouver entre nous, dans un endroit où nous serons en sécurité.

Je me demande, quand j'y repense, si ce n'est pas là une des premières fois où Étienne Le Vigan a eu l'idée de la Résidence. Mais j'anticipe.

Ce qui était sûr, en revanche, c'est que dès l'âge de huit ans, disons, j'ai compris en regardant ces fameuses photos ce que n'importe qui pouvait deviner sans difficulté : la gamine brune, aux grand yeux noirs, aux lèvres pleines, à la tignasse toujours emmêlée, habillée dans un mélange de coquetterie l'apparentant à une petite fille modèle et d'un je ne sais quoi de négligé qui la faisait ressembler, selon le mot de Le Vigan quand il était en colère, à une « pouilleuse du ghetto », eh bien, cette petite fille qui était moi ne pouvait pas être la sœur ni même la demi-sœur des enfants de Le Vigan, blonds et trop bien nourris ; mais, en plus, que j'étais comme un corps étranger, une anomalie presque scandaleuse dans cette famille de la grande bourgeoisie du quartier Sainte-Ursule.

Sans compter que j'ai commencé, assez vite, à poser des questions embarrassantes pour tout le monde.

8

J'avais dix ans, par une journée que je ne suis pas près d'oublier, quand ce qui était de l'ordre du soupçon informulé est devenu une certitude : je n'étais pas la fille d'Étienne Le Vigan.

Maman était sa deuxième femme, et les photos de la femme blonde, rêveuse, que l'on trouvait un peu partout dans la maison de la rue Royale, dans les tiroirs des commodes ou encadrées sur les consoles, étaient celles de sa première épouse, Guilaine. Le plus souvent, on la voyait, sur ces clichés, entourée d'Anne-Émeline et de François-Xavier encore enfants. Sur ceux pris plus tardivement, elle portait un poupon dans lequel on reconnaissait déjà mon grand copain Olivier Le Vigan. Plus les photos étaient récentes, plus cette femme avait l'air transparente, épuisée, à bout de forces.

– Qui est-ce ? demandais-je à l'occasion quand Anne-Émeline ou François-Xavier passaient devant.

Ils avaient un regard triste, ne répondaient pas. Même silence du côté de maman, avec en plus, dans ses yeux, un léger soupçon d'inquiétude. Mais il n'était pas facile à discerner : maman avait de toute manière toujours l'air inquiète, traquée par on ne sait quoi.

Quand je rentrais de l'école, souvent raccompagnée par Sharmila puisque maman sortait de moins en moins, je passais un long moment dans la cuisine avec elle. Elle me préparait mon goûter. Je tentais de la questionner. Elle avait alors ce regard mi-apeuré, mi-désespéré. Je la devinais parfois presque prête à me parler, puis elle se reprenait au dernier moment, me resservait un bol de chocolat Van Houten, mon préféré, et disait :

– Ce n'est pas à moi de te parler de tout ça, Marie...

Je n'insistais pas. Je comprenais obscurément que dans la famille Le Vigan c'était Sharmila qui à la fois voyait tout mais avait aussi la position la plus fragile. Le Vigan pouvait la virer quand il voulait, elle n'avait aucun recours en tant qu'étrangère en situation irrégulière.

La semaine d'avant le jour où j'ai tout compris, le 16 mai, on avait fêté mon anniversaire à la maison. Il y avait des copines de Notre-Dame-des-Mauves, la partie école primaire de l'institution Saint-Bénodet. Saint-Bénodet était une véritable ville dans la ville. L'institution comptait des milliers d'élèves issus des bonnes familles de N. On y acceptait aussi quelques pauvres « méritants » qui venaient des quartiers de l'Arsenal ou de la cité des 800. C'est d'ailleurs comme ça que j'allais rencontrer Karim, quelques années plus tard.

À l'origine, Saint-Bénodet était un immense couvent du XVIIe siècle mais il avait été presque entièrement rasé à la fin de la Seconde Guerre mondiale par les bombardements alliés qui voulaient détruire les sous-marins nazis basés près des chantiers navals. Il n'était resté qu'un cloître secondaire autour duquel on avait reconstruit des barres de béton sans charme, fonctionnelles, que l'on avait entourées de terrains de sport, de bois et de parcs qui donnaient à l'ensemble une fausse allure de campus américain.

On y voyait très loin par les fenêtres de certaines classes : toute la ville s'étendait à nos pieds, et plus loin le fleuve, et plus loin encore l'estuaire avec sur sa rive gauche les chantiers navals et sur sa rive droite les villas élégantes, toutes avec des pontons, possédées par les grandes familles de N. qui y passaient leurs vacances ou leurs week-ends à faire de la voile entre les îles de sable.

À Saint-Bénodet, il y avait même des classes préparatoires et c'était là que François-Xavier avait préparé HEC et, en même temps que mon anniversaire, on avait aussi fêté son succès car il avait réussi le concours. François-Xavier, c'était le moins pire de la bande, quand j'y repense. C'est en tout cas le seul à avoir eu, deux ou trois fois, des gestes de tendresse à mon égard : me prendre sur ses genoux quand on regardait les dessins animés de Noël ou m'aider pour des exercices de maths. Une fois même, il avait passé sa main dans ma tignasse et avait murmuré un peu tristement :

– Ce ne doit pas être drôle tous les jours pour toi, Marie, ici…

D'ailleurs, comme il n'y a pas de hasard, c'est lui qui a quitté le plus vite la maison, d'abord pour faire HEC à Paris et dans la foulée se sauver à Boston. Quelque chose me dit que, s'il avait pu trouver une formation qui lui convenait encore plus loin, à Pékin, Oulan-Bator ou Tananarive, il n'aurait pas hésité trente secondes. Il n'aimait pas plus Sainte-Ursule, la rue Royale et sa famille que moi.

Mais revenons à ce jour qu'il faut bien que j'appelle le « jour de la révélation », quand je suis rentrée de l'école, raccompagnée par Sharmila.

La maison était déserte.

Cela n'avait rien de surprenant. Le Vigan devait travailler à son étude, cette idiote d'Anne-Émeline était à un rallye, c'est-à-dire une de ces réunions snobs où les filles et les garçons des classes aisées se rencontrent pendant des soirées dansantes pour trouver l'âme sœur sous la surveillance de parents et autres chaperons. Anne-Émeline réussirait son coup assez vite, d'ailleurs, en épousant un an plus tard Loïc Morneville qu'elle avait rencontré à l'un de ces rallyes. Quant à cet imbécile d'Olivier, ce jour-là, il était encore collé en retenue pour avoir recopié sur Internet une dissert de philo.

Une fois mon goûter pris dans la cuisine, Sharmila m'a chassée gentiment. Elle devait préparer le dîner pour six personnes, Étienne Le Vigan ayant invité ses associés du cabinet et leurs épouses le soir même.

J'ai décidé d'aller voir maman, dans sa chambre du troisième. Je n'avais pas souvenir de l'avoir vue faire chambre commune avec Le Vigan. Au début de leur mariage, peut-être. N'ayant jamais connu que cette situation, cela me semblait normal.

À vrai dire, aller voir maman me pesait un peu. Soit elle serait endormie, en boule, soit elle lirait mélancoliquement dans un fauteuil, face à sa fenêtre qui donnait sur le jardin. Elle lisait beaucoup. En français, en anglais et, plus surprenant, en grec moderne. Les livres s'empilaient un peu partout et leur odeur se mêlait à celle de maman, faite de son parfum, *L'Air du Temps* de Nina Ricci, mais aussi de la transpiration qui était due aussi bien à ses crises d'angoisse que calmaient difficilement ses médicaments qu'à des exercices de gymnastique qu'elle continuait à faire dans sa chambre, quand elle allait un peu mieux.

Aujourd'hui encore, alors que le vent souffle depuis la mer dans la pinède et fait vibrer mon arbre, et que tout sent la résine et l'iode, j'ai toujours, quatre-vingt-dix ans plus tard, cette odeur en moi.

Et elle me manque.

Si maman dormait, je restais un instant près d'elle avant de repartir dans ma propre chambre. Si elle lisait, je l'interrompais par deux bises claquantes sur ses joues amaigries et je demandais un câlin. Elle m'appelait Püppchen, ce qui veut dire « poupée » en yiddish. Elle caressait mes cheveux, passait du rire aux larmes en quelques minutes. Le rire quand elle remarquait l'épaisseur brune de ma tignasse décoiffée, si semblable à la sienne, et les larmes quand elle me parlait à l'oreille et me demandait pardon dans un mélange de français et de langue inconnue dont j'allais bientôt comprendre que c'était du grec.

Pardon de quoi, je n'en savais rien, à vrai dire…

Cet après-midi-là, la porte de la chambre de maman était entrouverte. On entendait le bruit d'une conversation assourdie mais qui semblait pleine de hargne et de colère rentrée.

Je l'ai poussée, sans le moindre bruit.

À dix ans, je connaissais par cœur l'hôtel particulier des Le Vigan, rue Royale. Je savais quelle porte grinçait, quelle lame de parquet craquait, quel couloir avec un petit renfoncement pouvait me permettre de me cacher quand Olivier s'amusait à « chasser la noiraude », c'est-à-dire moi. Je connaissais même l'escalier en colimaçon qui, à partir du grenier, pouvait amener directement à la cuisine de Sharmila au rez-de-chaussée, sans passer par la salle à manger, le salon ou devant le bureau de Le Vigan.

Maman et Le Vigan ne m'ont donc pas entendue quand je me suis retrouvée à l'entrée de la chambre. Maman était de dos, face à la fenêtre. Je pouvais voir sa silhouette d'éternelle jeune fille se découper dans l'encadrement, sur un fond de ciel bleu avec le sommet des toits voisins et des grands arbres du jardin.

Étienne Le Vigan parlait d'un débit saccadé :

– Je vous demande de faire un effort, Elena ! Nous recevons les Cambremer et les Dandry, j'ai besoin de vous à table ! Je ne vous ai pas épousée, malgré votre gamine que j'ai reconnue, en plus, pour vivre avec l'ectoplasme encombrant que vous êtes en train de devenir...

– Je n'en ai pas la force, Étienne, je ne vais pas bien...

– C'est dans votre tête, tout ça, Elena, et nulle part ailleurs. Duvert vous l'a dit. Il vous donne assez de médicaments comme ça pour que vous puissiez faire face. On ne peut pas dire que je sois très exigeant avec vous, tout de même. Je vous demande juste d'assumer le rôle qui est le vôtre, celui de l'épouse d'Étienne Le Vigan.

– Apparemment, si. La précédente n'a pas tenu. Vous ne portez pas bonheur à vos femmes, Étienne...

J'ai vu le dos de Le Vigan se tendre.

– Guilaine était malade, Elena. Je trouve que vous faites preuve de bien mauvais goût en me rappelant ces moments. Je ne vous souhaite pas de traverser ce qu'elle a traversé. Son cancer...

– Vous mentez, Étienne. Guilaine s'est suicidée. Tout le monde le sait, sauf peut-être vos propres enfants. Et encore. Elle n'en pouvait plus de la vie que vous lui faisiez mener : vos maîtresses, votre façon constante de l'humilier, votre violence.

Le Vigan, soudain, est allé à la fenêtre, a retourné maman et l'a giflée. Elle est tombée sur le sol, sa tête heurtant un coin du lit.

– Vous allez vous taire ou pas, Elena ?

Maman s'était lovée en position fœtale, à terre, près du fauteuil où, d'habitude, elle lisait.

– Allez-y, cognez-moi, Étienne ! Comme vous frappiez Guilaine... Le grand Étienne Le Vigan qui ne peut prendre son pied qu'en frappant les femmes ! Vous êtes tous aussi monstrueux les uns que les autres dans ce quartier...

– Ce quartier vaut toujours mieux que la situation où je vous ai trouvée avec votre gamine de deux ans...

Et Le Vigan lui a lancé un coup de pied dans les côtes.

C'était la première fois que j'étais confrontée à la violence physique. Je devais en voir beaucoup dans les années qui allaient venir, mais cette scène est restée pour moi la plus choquante.

Pas seulement parce qu'elle était la première du genre ou parce que c'était ma mère qui en était victime, non, mais parce qu'elle mettait en scène des gens bien habillés, bien éduqués, au milieu de meubles anciens et d'élégants bibelots. Et ce contraste avait quelque chose d'incroyablement brutal et de profondément malsain.

Alors, du haut de mes dix ans, j'ai crié sans me retenir.

Un cri long, très long, d'une stridence qui faisait mal à mes propres tympans.

Le Vigan s'est retourné, surpris par ma présence :

– Marie, taisez-vous ! Vous allez ameuter tout le quartier !

Je n'avais que dix ans, je ne pouvais pas saisir l'humour involontaire et sinistre de Le Vigan. Le premier souci de ce grand bourgeois qui s'apprêtait à rouer de coups de pied sa femme après l'avoir giflée, c'était que le voisinage n'entende pas.

– Marie, taisez-vous, vous dis-je !

Il m'a giflée à mon tour.

Mon oreille m'a fait atrocement mal, ma vue s'est brouillée, j'ai senti le goûter de Sharmila me remonter au bord des lèvres.

C'est à ce moment-là que maman s'est relevée, a pris un vase sur la commode, un beau vase Lalique, et l'a jeté de toutes ses forces sur le parquet.

Puis elle a ramassé un éclat de verre assez gros. Le Vigan s'était retourné à cause du bruit et faisait face à maman.

– Elena, qu'est-ce qui vous prend ?

Maman s'est approchée de lui, très vite.

Elle semblait complètement sortie de l'espèce de coma médicamenteux dans lequel elle était depuis des mois et des mois.

Et bien qu'elle ait trois têtes de moins que lui et qu'il fasse facilement le double de son poids, elle l'a saisi par le col de sa chemise et a appliqué l'éclat contre sa gorge.

Le Vigan a changé de couleur, il s'est mis à trembler, il n'osait plus bouger en sentant la pression du verre coupant sur sa carotide :

– Tu touches encore à Marie et je t'égorge, Étienne. Bats tes femmes si tu veux, mais pas elle. Sinon je te saigne comme un goret, *malaka*...

– Vous êtes folle, Elena, je l'ai toujours su.

– Tais-toi ! Et sors de cette chambre. Va te calmer avec ton whisky. Sinon, le quartier Sainte-Ursule va connaître un vrai fait divers ! Mais tu ne souffriras pas du scandale parce que tu seras mort...

Il y a eu un silence interminable. Par la fenêtre, le décor de mai était toujours aussi calme, le ciel aussi serein.

Étienne Le Vigan a reculé prudemment vers la porte. On voyait un trait rouge au niveau de sa gorge.

Juste avant de sortir, il a dit à maman, d'une voix qui était redevenue la sienne, comme si rien ne s'était passé :

– Il n'empêche que je compte sur votre présence pour le dîner, ce soir, avec les Cambremer et les Dandry.

Maman a attendu que les pas de Le Vigan s'estompent dans le couloir. On a entendu le craquement des marches qui ployaient sous sa lourde masse, ce qui indiquait qu'il redescendait vers son bureau.

Alors, seulement, elle a lâché le morceau du vase.

Sa main saignait un peu.

Elle a refermé la porte de sa chambre à clef et elle s'est effondrée en larmes.

9

Je n'avais que dix ans, mais j'en avais trop vu, trop entendu lors de cette scène. Cela ajouté à tous mes soupçons, toutes mes interrogations depuis quelque temps, ça commençait à faire beaucoup.

Et puis maman devait sentir qu'elle lâchait prise de plus en plus, qu'elle ne serait peut-être plus là, bientôt, ni pour me protéger ni surtout pour me donner des réponses.

Les heures qui ont suivi, alors que nous étions allongées côte à côte sur son lit, son portable éteint pour ne pas prendre le risque d'être dérangées, ont été la première et la dernière explication sur mes origines et sur les raisons qui faisaient de moi cette pièce rapportée dans la famille Le Vigan.

Maman, de son nom de jeune fille, s'appelait Elena Patrikios.

Elle était née en France quarante ans plus tôt, à Paris, mais elle était d'origine grecque. Du coup, je lui ai demandé ce que voulait dire *malaka* et elle a ri – c'était tellement rare de l'entendre rire – en me disant que c'était un abominable gros mot grec.

Ses parents avaient émigré en France peu de temps avant sa naissance, pour fuir la dictature des colonels. Ils avaient ouvert un petit restaurant à Paris dans le 5e arrondissement, rue du Pot-de-Fer, en plein Quartier latin. Maman avait ainsi grandi dans la communauté grecque, maniant les deux langues et même un peu le yiddish car sa mère était l'une des rares descendantes de la communauté juive de Salonique qui avait été presque entièrement exterminée par les nazis en 1942.

Maman était très bonne élève à l'école mais cela ne l'empêchait pas d'aider au restaurant où pas mal d'étudiants de ce quartier universitaire venaient manger pour pas cher de grandes assiettes de gyros ou de kebab.

Après la chute des colonels, quand elle avait trois ans, maman était retournée chaque année en Grèce pour les vacances et c'était là les plus beaux souvenirs de sa vie. Les étés bleus, les îles dorées, le meltemi qui rafraîchissait Amorgos, l'île natale de son père, tout cela l'enchantait.

Elle se souvenait des montagnes en à-pic qui tombaient dans la mer, des troupeaux de chèvres en liberté sur les routes, de l'ombre des figuiers sous lesquels elle faisait sa sieste, des baignades dans de petites criques désertes où l'on n'aurait pas été étonné de voir Nausicaa (pas la copine de Révo, la vraie !) et ses suivantes se baigner nues alors qu'Ulysse les observait caché derrière le tronc des tamaris.

Maman trouvait que toute la vie aurait dû ressembler à ça, tout le temps.

Sans le savoir, et comme beaucoup de femmes et d'hommes de ce monde de la Fin, elle rêvait de la Douceur, elle sentait que l'humanité était faite pour la Douceur et non pour s'abrutir dans le travail afin d'espérer survivre dans une société de plus en plus violente et injuste. La Douceur était un rêve qui n'avait pas de nom...

Maman a suivi des études de lettres à la Sorbonne et elle venait de passer son concours pour être professeur de français quand ses parents ont été tués dans un accident de la route. Sauf que par la suite moi j'ai vérifié, quand j'ai eu quelques années de plus. Mes grands-parents ne sont pas morts dans un accident de la route mais dans un attentat, celui du RER B à la station Saint-Michel dans les années 90 du XXe siècle.

Je ne sais pas pourquoi maman m'a menti à ce sujet. Voulait-elle atténuer l'horreur de la chose, pour elle et pour les autres ? Voulait-elle, alors que j'étais encore une enfant, me donner une explication que je puisse comprendre ?

Maman, qui était fille unique, avait fait au moment de la mort de ses parents une grosse dépression. Elle n'a pas pu accomplir sa première année d'enseignement et je pense, c'est du moins ce qu'elle m'a laissé entendre à demi-mots, que dans les années qui ont suivi elle a fait un peu n'importe quoi, sur tous les plans. Elle a enchaîné des tonnes de petits boulots, elle est beaucoup sortie, elle a sans doute pris de la drogue, ce qui n'a pas arrangé son état.

Cet après-midi-là, elle m'a confié qu'à cette époque elle n'arrivait plus à s'accrocher à la vie, elle avait l'impression d'évoluer dans un décor truqué où les gens faisaient semblant de croire que l'existence avait un sens. Elle n'arrivait pas, pour sa part, à jouer ce jeu-là.

Maman m'a affirmé, cependant, qu'elle gardait sa passion d'enfance découverte à l'école primaire pour la gymnastique. Elle se rendait chaque semaine dans une salle où elle poussait son corps à l'extrême limite de ses possibilités. Cela ne suffisait pas à ce qu'elle se sente mieux. Elle s'oubliait seulement, parfois, dans la lecture des poètes.

Elle multipliait les rencontres sans lendemain avec des hommes, et c'est comme ça que je suis née. J'en ai déduit, plus tard aussi, que cela avait été pour elle une manière douce de me dire qu'elle n'avait aucune idée de qui pouvait être mon père ou alors seulement de vagues suppositions.

Un beau jour, elle a mis tout ce malaise, ce désordre sur le compte de Paris, et des tentations tristes que cette ville offrait, du souvenir de ses parents qui était présent partout. Elle a décidé de changer d'air.

Maintenant qu'elle me parlait de cette période, j'entrevoyais quelques souvenirs, quelques flashs d'avant ma vie à N., chez les Le Vigan.

Oh, ce n'était pas grand-chose : la robe à pois d'une petite fille qui devait être avec moi à la crèche, un cheval à roulettes sur lequel je descends un bout de la rue Mouffetard qui me semble une pente formidable, ce qui me fait rire de peur et de plaisir mêlés, ma main qui trempe dans l'eau d'un bassin des jardins du Luxembourg, en automne…

Quand je lui ai fait part de ces images presque perdues, fragmentaires, maman s'est relevée un instant du lit et elle est allée chercher, dans le tiroir de la commode, en prenant bien garde à ne pas marcher sur les éclats du vase brisé, ce qu'elle a appelé son coffret aux reliques, le même que j'ai toujours dans l'arbre de ma ZAD et que j'ai parfois montré à Agnès-des-Calanques.

À l'intérieur de ce coffret tout simple, il y avait mon acte de naissance au nom de Macha Patrikios, née à Paris, de père inconnu. Il y avait aussi plusieurs photos, celle de maman lors d'un concours de gymnastique, incroyablement gracieuse et concentrée alors qu'elle est sur la poutre, d'autres sur lesquelles on la voit se baigner à Amorgos ou prendre des notes dans un amphi de la Sorbonne. Il y avait aussi plusieurs photos de mes grands-parents grecs que je n'avais jamais vus et de moi, dont celle qui avait évoqué pour Agnès ma ressemblance avec la petite Soraya-des-Mauges.

– Tu le garderas avec toi, Macha, puisque tu as compris que c'est ton vrai prénom et que Marie a été choisi pour faire plaisir à Étienne qui voulait que tu fasses plus « Sainte-Ursule ».

– C'est un con…

Le gros mot m'avait échappé. J'avais dix ans et déjà la langue bien pendue, ce qui m'avait valu quelques punitions par les bonnes sœurs de Notre-Dame-des-Mauves. Maman n'a pas réagi plus que ça, j'ai été étonnée.

Elle a repris :

– Je crains bien que ce coffret ne soit ton seul héritage, Püppchen…

Elle n'avait pas tort. C'est bel et bien, à cent sept ans, tout ce qui me reste de maman et du monde de la Fin. Finalement, c'est bien assez et c'est ce qu'il y avait de meilleur.

Quand maman a quitté Paris, après avoir vendu l'appartement et le restaurant de la rue du Pot-de-Fer, elle s'est retrouvée à N., à la tête d'une librairie.

Pourquoi N. ? Elle m'a avoué que cela avait été le fruit du hasard le plus absolu. Elle avait ouvert une carte Michelin de la France, elle l'avait étendue par terre, dans sa chambre, et elle avait piqué une épingle au hasard après avoir fermé les yeux.

L'épingle s'était plantée sur N. Pourquoi pas, c'était une grande ville, la mer n'était pas très loin et surtout, surtout, maman n'y connaissait personne, ce qui serait un moyen d'échapper à toute cette bande d'amis qu'elle fréquentait et qui, comme elle, traînaient leurs angoisses dans des bars, des boîtes, des concerts de rock, des expos ou dans des soirées avec toujours, à un moment ou à un autre, un rail de cocaïne pour aller jusqu'au bout de la nuit...

Je suis arrivée à N. à trois ans et demi.

Là aussi, j'ai très peu de souvenirs de ces deux ans avant Le Vigan. L'odeur des livres neufs dans la librairie, une promenade au bord du fleuve, la silhouette de maman derrière la caisse, ma première école maternelle, avec ses marronniers, dans une rue tortueuse du Vieux Quartier.

Maman aimait les livres, mais cela ne suffit pas à faire de vous une bonne libraire. Elle préférait les lire que les vendre, se trompait dans les commandes, oubliait des échéances, s'arrachait les cheveux sur la comptabilité.

Pour ça également, je me dis qu'elle aurait été faite pour vivre dans la Douceur où l'on a du mal à imaginer que les livres aient été une marchandise et pas simplement quelque chose d'aussi naturel et gratuit que l'eau d'une fontaine que l'on recueille au creux de ses mains et que l'on fait boire à son amant ou son amante.

Maman avait néanmoins une clientèle qui l'appréciait, mais cela ne suffisait pas à faire tourner la boutique. Des étudiants qui restaient des heures à lire et à discuter sans acheter, des personnes âgées qui venaient demander conseil mais prenaient quand même à chaque fois le roman « vu à la télé » ou le dernier prix littéraire.

Un jour, un homme grand, blond, cheveux coupés ras, très bien habillé, la cinquantaine sportive malgré un peu de ventre, est entré dans le magasin et a demandé un livre pour son petit dernier qui ne lisait pas – il s'agissait de ce débile d'Olivier, évidemment.

Maman l'a amené au rayon de la littérature jeunesse, s'est enquis de l'âge du garçon, de ses goûts.

L'homme a eu l'air désorienté :

– Je n'en sais rien, à vrai dire.

– Vous pouvez toujours essayer avec ces deux titres.

Une fois l'homme reparti, une vieille dame qui achetait le dernier prix Goncourt a dit à maman :

– Vous ne l'avez pas reconnu ?

– Non, je ne suis pas depuis très longtemps à N., je ne connais pas grand monde.

– Mais c'est maître Le Vigan ! Cet homme a bien du courage. Sa femme vient de mourir d'un cancer, l'année dernière.

– Elle s'est suicidée, oui, elle ne supportait plus ce facho ! a dit un étudiant avec un badge anarchiste qui était sur le point de régler un livre sur la guerre d'Espagne.

La vieille dame, indignée, a haussé les épaules et est partie. Étienne Le Vigan, lui, est revenu régulièrement à la librairie sous les prétextes les plus divers.

– J'ai été lâche, ma Püppchen, ou très fatiguée... m'a dit Maman, allongée à côté de moi, en regardant le pansement sur sa paume.

Et elle m'a raconté la cour de Le Vigan, les dîners dans les restaurants chics des bords du fleuve, un week-end à La Baule, les virements bancaires pour boucler les fins de mois de la librairie qui battait de plus en plus de l'aile.

Elena était à la fois séduite et méfiante. C'était la première fois qu'elle rencontrait un homme qui dégageait une telle impression de sécurité – ce n'était bien qu'une impression –, et elle avait besoin de sécurité pour elle, pour moi.

Mais en même temps, elle pressentait chez cet homme une forme de violence. Sans compter les rumeurs contradictoires qui couraient sur son compte en ville. Sur la mort de sa femme, attribuée à la maladie mais aussi aux mauvais traitements qu'il lui faisait subir sur le plan psychologique. D'autres, au contraire, parlaient de sa générosité pour des œuvres caritatives. Maman se demandait aussi ce qui pouvait l'attirer chez elle : elle était belle, cultivée, même les salauds peuvent avoir des coups de foudre. En même temps, il avait sans doute senti en elle une fragilité qui la rendrait plus facile à soumettre.

Ce qui a convaincu maman, c'est quand il a proposé de me reconnaître comme sa fille si elle l'épousait. Elle a accepté, le mariage a eu lieu rue Royale, dans le jardin où les meilleurs traiteurs de la ville avaient dressé les buffets. Tout le gratin de la région était venu, même le préfet du département. On chuchotait derrière les coupes de champagne, on se demandait quelle mouche avait bien pu piquer Le Vigan de se marier avec cette femme venue d'on ne sait où, flanquée de surcroît d'une gamine de cinq ans. Elle était belle, certes, mais quand même...

Les enfants Le Vigan, surtout, faisaient la tête. Enfin surtout Anne-Émeline qui devait craindre pour son héritage. François-Xavier, lui, préférait draguer la fille du préfet, et Olivier, à huit ans à peine, s'amusait à pincer cette petite brune aux yeux trop grands qu'on appelait Marie et qui mettait un certain temps à comprendre que c'était d'elle qu'il s'agissait.

Le voyage de noces d'Elena et d'Étienne Le Vigan a eu lieu à Ibiza.

Le deuxième soir, Le Vigan s'est aperçu que maman avait oublié de mettre une veste en lin dans la valise et elle a reçu sa première baffe.

10

Je crois que les Cueilleurs d'histoires, et en particulier Révo, Hilo et Nausicaa, ont vu juste. C'est à travers des récits particuliers que l'on comprendra comment la Douceur a pu succéder, finalement aussi vite, aussi naturellement, au monde de la Fin. Je ne sais pas si, comme ils le pensent ou comme le pensait Clara Pitiksen qui l'a écrit dans son journal, mon histoire est particulièrement exemplaire.

Mais maintenant que mon récit est lancé, que la plume noircit le vélin de mon écriture qui ne tremble pas trop pour une femme de cent sept ans, au fur et à mesure des séances de lecture que je donne à la Maison Commune devant un public de jeunes gens dont certains ont du mal à cacher leur horreur et leur étonnement quand ils entendent ce que je raconte, il me semble évident que l'évolution de la famille Le Vigan en général et celle d'Étienne en particulier résument parfaitement ce qu'il y avait de pire dans le monde de la Fin.

Ma révolte, elle aussi, préfigurait à sa manière cette recherche d'autre chose, d'un rêve. La Douceur est ce rêve et parfois j'ai cette étrange et terrifiante impression que je vais me réveiller...

Une fois que j'ai su la vérité sur mes origines, ma première réaction de gamine de dix ans a été de ne plus répondre à Étienne Le Vigan quand il m'appelait Marie. Cela avait le don de l'agacer prodigieusement et j'en étais très heureuse. Cela me valait à l'occasion quelques gifles discrètes car il connaissait les réactions de maman, même si celle-ci renonçait chaque jour un peu plus à lutter.

Ma seule alliée dans la maison, Sharmila, avait trouvé une solution qui me convenait parfaitement. Dans sa cuisine, au moment du goûter, elle m'appelait Macha. En public, en revanche, elle m'appelait Marie et même mademoiselle Marie, comme l'exigeait Le Vigan quand elle servait à table. « Mademoiselle Marie reprendra du potage ? ». Pfuii ! Tu parles, on se serait cru dans les livres de la comtesse de Ségur, dans une espèce de bulle temporelle qui faisait de la maison de la rue Royale un endroit où rien du monde extérieur ne devait pénétrer. C'est très tardivement que ses trois enfants, puis moi-même avons eu le droit à un ordinateur dans notre chambre et à un téléphone portable parce que cela devenait indispensable pour l'école et les études.

Le Vigan avait d'ailleurs mis un filtre parental sévère sur chacun des PC, sans savoir que ça ne servait à rien et que nous pouvions surfer comme nous le voulions puisque nous avons vite appris seuls à contourner cet obstacle. Olivier, lui, postait des statuts racistes sur Facebook ou des élucubrations, tout aussi racistes, à la syntaxe approximative, bourrées de fautes d'orthographe, sur son blog intitulé WFW, alias White Fuck Warrior.

Plus tard, quand je parlerais d'Olivier à Clara Pitiksen, elle me dirait qu'un tel profil lui rappelait celui de Hans-Carl Odin, le tueur néonazi qui avait massacré des dizaines de jeunes sur une île de Norlande en juillet 2011, et auquel elle avait échappé de justesse.

Quand je suis entrée en sixième, sur les fiches de renseignements demandées par les profs le premier jour, à la case prénom, j'ai écrit « Macha », et à celle du nom « Patrikios ».

Le soir même, j'étais convoquée dans le bureau du principal adjoint, le père Pommeraye, un prêtre maigre à la pomme d'Adam proéminente et aux lunettes cerclées d'écaille. Il avait une réputation de sévérité et je n'en menais pas large. Après avoir attendu une bonne demi-heure, la secrétaire m'a fait entrer. Je suis certaine que Pommeraye aurait pu me recevoir tout de suite mais me faire attendre était une manière de montrer son pouvoir. C'était aussi un moyen simple de laisser la peur monter en moi.

Il se trompait.

Je n'avais pas peur.

D'abord parce que Macha Patrikios était le nom que j'avais vu sur l'acte de naissance que maman m'avait montré dans son coffret aux reliques. Et ensuite parce que mon tempérament est ainsi fait : si j'ai l'impression d'être dans mon droit, même si la situation est dangereuse, je n'ai pas peur.

Je crois que beaucoup des premiers zadistes avaient le même sentiment. Peu importent les charges de police, les coups de matraque, les cellules de garde à vue, quand on sait qu'on se bat pour une cause juste, on n'a plus peur.

Il m'a fait entrer dans son vaste bureau. Ce jour-là, il faisait un temps d'automne précoce sur N. On ne voyait rien et des bourrasques de pluie s'écrasaient sur la fenêtre. Le père Pommeraye n'avait allumé aucune lampe et seule la lumière bleue venant de l'écran de son ordinateur éclairait son visage, lui donnant un aspect encore plus émacié, presque cadavérique.

– Asseyez-vous, Marie Le Vigan.

Il m'a tendu le paquet de fiches que j'avais remplies toute la journée au début de chaque cours.

– Qu'est-ce que c'est que cette histoire de pseudonyme ?

– De quoi ?

Il a eu l'air agacé :

– Vous ne savez pas, alors que vous entrez en sixième, ce qu'est un pseudonyme ! C'est l'usage d'un faux nom. Les fiches que vos professeurs vous demandent de remplir ne sont pas faites pour vous amuser...

Il en a pris une et a lu :

– « Macha Patrikios », qu'est-ce que c'est que cette lubie ?

Je n'étais pas beaucoup plus sûre du sens du mot « lubie » que de celui de « pseudonyme » mais j'ai quand même répondu :

– Ce n'est pas une lubie, c'est mon nom !

Il a retiré ses lunettes, a serré le haut de son nez entre son pouce et son majeur comme s'il souffrait d'une migraine ou d'une extrême lassitude...

– Vous avez une carte d'identité sur vous, Marie ?

Je n'avais que onze ans et je me suis sentie déroutée. Oui, j'avais une carte d'identité faite l'année précédente pour un voyage scolaire en Angleterre. J'ai fouillé dans la poche de mon blouson puis dans mon sac à dos. Je l'ai enfin trouvée, coincée avec ma trousse et un peu de monnaie dans une pochette.

– Voilà...

– Très bien, Marie. Vous pouvez me lire le nom qui y est inscrit ?

– Le Vigan, Marie...

– Vous voyez ? Et je ne pense pas que vous ayez de faux papiers...

J'étais désespérée quand j'ai entrevu un espoir :

– Pour être précise, il est inscrit « Le Vigan, Marie, Macha, Marsoula. »

Le père Pommeraye a dit, en remettant ses lunettes :

– Et alors, Macha n'est pas pour autant votre prénom usuel...

– Je sais, mon père, mais j'aimerais qu'il le devienne...

– Écoutez, ça, si vous voulez, c'est possible, mais votre nom de famille, je suis désolé pour vous, Marie, c'est Le Vigan et pas...

Il a jeté de nouveau un œil sur une fiche :

– ... et pas Patrikios.

– C'est celui de ma mère.

Il a soupiré :

– Marie, beaucoup de choses changent dans notre pays mais il n'y a pas encore de loi qui laisse les petites filles choisir leur nom. Alors, jusqu'à nouvel ordre, ici, vous êtes Marie Le Vigan. Faites-vous appeler Macha par vos camarades si vous voulez, mais c'est tout. L'entretien est clos, Marie, et que je n'entende plus parler de vous.

Je pense aujourd'hui que le père Pommeraye était parfaitement au courant de ma situation familiale et qu'il avait agi avec l'idée de faire le moins de vagues possible avec les profs de Saint-Bénodet et, surtout, avec mon père. D'une part, il m'avait rappelé, que ça me plaise ou non, que je me nommais officiellement Marie Le Vigan, mais, d'autre part, il me laissait une marge de manœuvre pour le choix de mon prénom, au moins avec ceux qui voudraient m'appeler Macha.

Et, de fait, j'ai eu à partir de ce moment un moyen assez simple de distinguer parmi mes profs et les autres collégiens de Saint-Bénodet ceux sur qui je pouvais compter, qui m'appelaient Macha, et les autres qui continuaient à m'appeler Marie alors que je leur avais demandé le contraire.

À la maison, cela a été une guérilla incessante avec Le Vigan. Quant à maman, c'était comme si elle avait jeté ses dernières forces dans une bataille perdue d'avance le jour du vase brisé et des révélations qui s'étaient ensuivies cet après-midi de mai, où nous avions si longuement parlé toutes les deux, côte à côte, sur son lit.

Depuis, elle ne cessait de décliner. Les doses de médicaments étaient augmentées un peu plus à chaque visite de Duvert.

Parfois elle était hospitalisée dans une clinique spécialisée loin de N. pour éviter le scandale, du côté de Divonne-les-Bains. Elle restait souvent absente plusieurs semaines. Je pense qu'Étienne Le Vigan, s'il n'avait eu peur du qu'en-dira-t-on et d'avoir à verser une pension alimentaire, aurait demandé le divorce. C'est d'ailleurs cette peur du scandale, du qu'en-dira-t-on qui m'a aussi permis de m'enfuir plus facilement que je ne l'aurais cru, quelques années plus tard.

Inutile de dire qu'entre Étienne Le Vigan qui n'était presque jamais là, Maman qui dormait toute la journée dans sa chambre ou qui séjournait en clinique, Olivier qui me harcelait sans cesse, j'ai vécu des années de grande solitude.

J'en profitais pour devenir une excellente élève.

Finalement, dans un univers qui était limité à Saint-Béno et à la maison tellement silencieuse de la rue Royale, je n'avais pas grand-chose d'autre à faire que lire et étudier. Verlaine m'apportait un peu de douceur comme seuls les chats savent en apporter. J'aimais sa chaleur, son ronronnement, sa sensualité. Malgré les refus d'Étienne Le Vigan, il finissait toujours par parvenir, la nuit, à rentrer dans la maison et à gagner ma chambre.

Mes professeurs, au collège, soulignaient mon « étonnante maturité » mais aussi « mon caractère renfermé ». Il faut dire que parfois j'avais l'impression d'être tombée chez des extraterrestres.

La grande majorité des élèves de Saint-Bénodet ne me semblaient pas *vrais*. Ils étaient trop parfaits, toujours impeccablement habillés, avec une forte prédilection pour le bleu marine. Ils ne haussaient jamais le ton, ne se bousculaient pas aux sonneries, ne faisaient jamais de bêtises ou tellement rarement. Olivier et quelques copains à lui finissaient presque par être rassurants : il leur arrivait de fumer en cachette, de dire des gros mots, de tenter d'embrasser des filles de force dans un couloir désert.

Au moins, à défaut d'être très malin, c'était humain...

En quatrième, quand j'ai eu un ordinateur, j'ai vu sur YouTube un vieux film anglais de science-fiction en noir et blanc, *Le Village des damnés*. Il racontait comment, après que tout un village était tombé dans un sommeil inexplicable durant quelques heures, les femmes s'étaient réveillées enceintes et avaient mis au monde le même jour, neuf mois plus tard, des bébés blonds au regard étrange. Ces bébés ensuite grandissaient très vite et avaient atteint leurs douze ou treize ans en quelques mois à peine. On ne comprenait pas l'origine du phénomène, alors que ces enfants faisaient preuve à la fois de dons exceptionnels comme la télépathie et d'une méchanceté incroyable, forçant par exemple ceux qui leur déplaisaient à se suicider.

Eh bien voilà, les élèves de Saint-Bénodet me faisaient un peu cet effet-là et je me demandais parfois si je n'étais pas le dernier être humain et la seule à me rendre compte qu'ils étaient en fait des Vénusiens qui avaient trouvé ce moyen pour envahir la planète.

Pendant ce temps, Sharmila jouait comme elle le pouvait le rôle de mère de substitution.

Quant à Le Vigan, il se contentait d'apparaître aux repas, d'accompagner Maman, Olivier, Sharmila et moi en vacances dans la villa de Saint-Malo ou en cure à Évian. Il ne restait que quelques jours avant de s'éclipser, certainement pour voir d'autres femmes.

Ce n'était pas plus mal car c'était grâce à ces vacances sans lui que je connaissais un peu de liberté.

À Saint-Malo, surtout. Maman dormait dans un transat sur la terrasse, Olivier restait enfermé avec son ordinateur et gémissait de temps en temps parce que la connexion Internet n'était pas bonne, et Sharmila, qui n'aimait pas s'exposer sur la plage, me laissait sortir à la promesse expresse de rentrer avant l'heure du dîner. Promesse que je respectais car je ne voulais pas lui causer d'ennuis, surtout si Le Vigan se pointait à l'improviste pour un soir, ce qui lui arrivait parfois. Je rencontrais ainsi sur la plage du Sillon d'autres garçons et filles de mon âge qui me prouvaient que je n'étais pas folle, qu'il y avait une autre vie possible que celle que je menais rue Royale.

J'ai pu aussi connaître mes premiers flirts et l'odeur salée de la peau des garçons que j'embrassais dans les dunes quand, au sortir d'une baignade dans l'eau trop froide, nous frissonnions sans savoir si c'était à cause du froid ou du désir, sans doute les deux.

Ils avaient le bon goût, aussi, de m'appeler Macha et de m'offrir des glaces ou de m'intégrer dans l'équipe de volley en m'informant, sans le savoir, sur ce qu'étaient des vraies vies d'adolescents de mon époque.

Après, je retournais à la lecture qui était ce que je préférais par-dessus tout. J'ai pris sans le vouloir une certaine avance sur mon âge en découvrant Zola ou en lisant les recueils de poésie de maman qui, lorsqu'elle avait quelques moments de lucidité, se plongeait dans Verlaine, bien sûr, mais aussi dans Rimbaud, Apollinaire ou Aragon.

Étais-je une adolescente triste ? Maintenant que je suis tellement vieille et que la plus grande partie de mon existence s'est déroulée dans la Douceur, je ne saurais le dire. Il me semble finalement que ces étés étaient heureux. Ils me donnaient la certitude qu'une autre existence était envisageable, même si je ne le formulais pas aussi clairement.

Je vivais dans un monde dont je devinais bien qu'il était incertain : on parlait beaucoup autour de moi de guerres, de terrorisme, de pollution, de problèmes sociaux, et je ne comprenais pas pourquoi, en vacances, maman avait avec elle une radio réglée sur une station d'informations en continu qui ne pouvaient qu'augmenter son anxiété.

Je voyais bien aussi à quel point ma vie personnelle de collégienne était désespérante, mais malgré tout il y avait ces couchers de soleil sur Saint-Malo, l'île de Cézembre et le Grand Bé qui s'enfonçaient dans des crépuscules magnifiques, il y avait ces silhouettes rieuses et bronzées qui jouaient au volley, il y avait ces histoires que je trouvais dans les livres et qui m'envoyaient très loin, ailleurs.

Alors, somme toute, je puisais dans tout ça assez d'énergie pour continuer, en me disant que cela ne pouvait être pire, que dès que je serais une adulte indépendante, je pourrais mener la vie qui me plairait et, qui sait, changer tout ça...

Et, comme une confirmation, il y a eu Karim.

11

La première fois que j'ai vu Karim, je l'ai trouvé franchement laid.

Il paraît que les histoires d'amour commencent souvent comme ça. Trouver laid celui ou celle qui va tellement compter dans votre vie, c'est sans doute un moyen inconscient de se protéger, de fuir le bonheur de peur qu'il ne se sauve.

Karim Rafa n'aurait jamais dû se retrouver dans la même classe de seconde que moi, à Saint-Bénodet. Karim ne venait pas du quartier Sainte-Ursule. Dans les maisons de Sainte-Ursule, on n'appelle pas les enfants Karim. Et on ne les laisse pas porter des santiags et un perfecto noir sur un jean usé jusqu'à la corde. On ne les laisse pas non plus se mettre de la gomina dans les cheveux et avoir des ceinturons voyants avec des têtes de mort.

Son arrivée dans la classe a fait sensation. Malgré leur désir d'être impassibles et de ne s'étonner de rien, mes camarades extraterrestres blonds et bien coiffés n'ont pu s'empêcher de le regarder sous toutes les coutures, le jour de la rentrée, tandis que notre professeur principal nous expliquait le règlement du lycée et nous communiquait notre emploi du temps.

Karim faisait semblant de ne s'apercevoir de rien et remplissait avec application son carnet de correspondance. À la récréation, il est allé s'asseoir sur un banc, d'abord les fesses sur le dossier puis est redescendu d'un cran quand un surveillant lui a fait la remarque.

Il a obéi sans le moindre regard et a sorti un iPod. Il était l'objet de toutes les attentions : les filles pouffaient et les garçons prenaient des airs de conspirateurs en lui lançant des regards noirs qui le laissaient complètement indifférent.

J'étais aussi seule que lui, mais décidément il ne me plaisait pas. Je lui trouvais un air arrogant. Bien sûr, beaucoup d'élèves de Saint-Béno avaient aussi un air arrogant. Mais ce n'était pas la même arrogance. L'arrogance de Karim était celle du lion, c'était une forme d'orgueil qui laissait entendre que tous ces petits-bourges ne valaient pas mieux que lui et qu'il en savait plus qu'eux sur la vraie vie.

La plupart des élèves de Saint-Béno regardaient de haut toute personne qui n'était pas de leur classe sociale : les surveillants, le personnel de service et même les profs. Je me souviens encore, en quatrième, de ma voisine de table furieuse d'une mauvaise note en anglais qui m'avait murmuré à l'oreille, en parlant de la jeune prof qui revenait vers l'estrade :

– Mais pour qui elle se prend, celle-là ? Mon père gagne dix fois plus qu'elle et il pourrait la faire virer d'un claquement de doigts avec ses relations.

Karim, lui, ne regardait personne de haut.

C'était plus simple et plus terrible : il ne regardait personne.

Quand ses yeux se posaient sur vous, c'était comme si vous étiez transparent.

Au réfectoire, dès le premier midi, il a mangé seul et, dans l'heure de pause qui a suivi la reprise des cours, il est revenu vers son banc et a sorti, en plus de son iPod, un livre dans lequel il s'est plongé.

– Non mais à quoi il joue, celui-là ! m'a dit une fille de la classe.

Elle a cru bon de rajouter, après un bref silence et de cette manière inimitablement fielleuse qui était le propre des élèves de Saint-Béno :

– Si ça se trouve, vous allez très bien vous entendre. Lui aussi, on voit qu'il n'est pas né dans le quartier…

En fin d'après-midi, alors que tout le monde échangeait ses impressions sur cette journée de rentrée sous les grands arbres dont les feuilles n'allaient pas tarder à jaunir, on a vu Karim Rafa traverser la cour de sa démarche chaloupée et monter sur une vieille mobylette dans le garage des élèves.

Le moins qu'on puisse dire, c'est qu'elle détonnait au milieu des vélos grand luxe et des scooters profilés des autres élèves.

– Je suis sûr qu'il l'a volée, cet Arabe ! On laisse vraiment entrer n'importe qui à Saint-Bénodet.

Je me suis retournée mais j'avais déjà reconnu la voix d'Olivier qui venait, lui, d'effectuer sa rentrée en terminale.

Et comme si de rien n'était, il m'a proposé :

– On rentre ensemble, sœurette ?

Sœurette… N'importe quoi…

– Je ne suis pas ta sœur, débile, et je préfère rentrer seule. J'ai ma dignité.

Il a eu un sourire jaune, a haussé les épaules et est retourné vers ses copains.

Le soir, dans ma chambre, alors que Verlaine ronronnait sur mes genoux et que j'entrais mon emploi du temps sur l'ordinateur, je m'en suis voulu de penser à ce Karim plus que de raison. Pourtant, il n'était pas mon genre. Mais les garçons de Saint-Bénodet non plus n'étaient pas mon genre.

Les jours qui ont suivi, les plus folles rumeurs ont été colportées dans la classe. Karim était le fils d'un richissime émir du pétrole qui l'envoyait faire ses études en France. C'était un dealer qui avait pour clients certains enseignants, comme la prof de dessin qui avait toujours l'air défoncée, avec ses yeux rouges et son rire bête. Karim les avait fait chanter pour s'inscrire à Saint-Bénodet car il était pourchassé par une bande rivale dans son quartier.

Les plus raisonnables, qui n'étaient pas les moins méprisants, disaient simplement :

– Ça doit être un « Marceau ».

Un « Marceau », à Saint-Bénodet, désignait les élèves de milieux défavorisés qui pouvaient suivre leur scolarité dans l'établissement s'ils avaient eu auparavant d'excellents résultats et venaient de familles méritantes. Ils étaient une demi-douzaine d'inscrits chaque année mais, jusque-là, on n'en avait jamais vu un avec une telle allure.

On les appelait comme ça parce qu'ils bénéficiaient d'une bourse Pierre Marceau, un ancien élève de Saint-Bénodet mort depuis longtemps, généreux donateur de l'institution, qui avait mis son immense fortune au service de nombreuses bonnes causes comme donner leur chance à des jeunes n'ayant pas les moyens de s'offrir l'accès à l'enseignement d'excellence dispensé dans notre auguste école.

Tu parles d'une chance !

Les « Marceau » étaient de vrais parias. Ils n'étaient jamais invités pour les anniversaires, on toisait avec mépris leurs vêtements qui sentaient le supermarché ou, quand l'hiver arrivait, leurs doudounes trop minces. Ils n'osaient parler à personne, gardaient obstinément les yeux baissés et, à l'occasion, acceptaient certaines brimades sans se plaindre, comme le chewing-gum collé dans les cheveux, les croche-pieds au départ d'une course dans la salle d'athlétisme ou les tentatives de noyade dans la piscine de l'école. J'avais tenté de faire de certains « Marceau » des copains ou des copines, mais ils refusaient obstinément mes avances, craignant un piège.

Alors que je prenais une douche avec les autres filles du club de gym après un entraînement, j'ai réfléchi à haute voix :

– Si Karim est un « Marceau », quelque chose me dit qu'on va quand même beaucoup moins l'embêter que les autres.

– Tu parles, il se taira sinon il sera viré !

– On verra.

Et on a vu, assez vite, juste avant les vacances de la Toussaint.

Karim restait un mystère et avait des résultats presque aussi bons que les miens, ce qui agaçait le reste de la classe et donnait le sentiment d'une sourde injustice : comment était-ce possible que cette mal coiffée de Macha aux allures de Gitane et cet Arabe habillé en voyou connaissent une telle réussite ? Qu'ils récoltent des 17 ou des 18 en français, en anglais, en maths, sans compter les cours de sport où des 20 venaient récompenser leurs performances, Karim se révélant un redoutable sprinter et un vrai champion des anneaux.

Olivier, forcément ce ne pouvait être que lui, est donc venu vers Karim, accompagné de trois autres élèves de terminale, lors d'une récréation du matin.

Comme à son habitude, Karim lisait, les oreilles couvertes de son casque d'iPod.

Olivier le lui a arraché pendant qu'un autre faisait voler le livre.

Très calmement, Karim s'est levé comme si ce qui venait de lui arriver était l'effet d'un malencontreux coup de vent. Il a ramassé l'iPod et le livre, est retourné à sa place. Olivier et ses potes ont recommencé.

Karim s'est relevé mais cette fois-ci, en plus, il a eu le droit à un croche-pied. Il n'est pas tombé. Alors qu'il se baissait pour ramasser l'iPod une nouvelle fois, un coup de pied dans les fesses l'a projeté par terre.

J'ai vu qu'un surveillant regardait la scène de loin.

Il avait l'air embêté, ne sachant pas comment réagir. À Saint-Bénodet, les parents avaient la plainte facile auprès des autorités, et le surveillant se disait qu'il risquait son poste s'il intervenait mal à propos.

Je suis allée vers lui :

– Mais enfin, faites quelque chose, vous voyez bien qu'ils le provoquent…

– Mais non, ils s'amusent…

– Ils ne s'amusent pas du tout et vous le savez… Vous avez la trouille, oui !

– Marie Le Vigan, vous allez prendre deux heures de retenue pour insolence.

La sonnerie a retenti. C'était la fin de la récréation. J'ai vu le surveillant pousser un ouf de soulagement et j'ai mis tout le mépris du monde dans mon regard, réussissant à lui faire baisser les yeux.

Karim est venu se ranger. Il avait toujours sa démarche chaloupée et la même allure impassible. Ça chuchotait autour de lui, il y a même eu un ou deux rires réprimés. Les seuls indices de son trouble, peut-être, étaient un très léger frémissement de sa lèvre supérieure et le fait qu'il ait gardé le livre qu'il lisait, sali, à la main.

J'ai vu que c'était *Le Roman inachevé* d'Aragon. Un des recueils de poèmes que maman lisait souvent.

Je l'ai soudain trouvé beaucoup moins laid.

Deux jours après, j'ai vu rentrer à la maison Olivier, très pâle.

Il a ouvert la porte de ma chambre sans prévenir. J'étais assise en tailleur sur mon lit, à faire un exercice de maths.

– C'est un fou, l'Arabe de ta classe !

– Qu'est-ce qu'il a encore fait ?

– Il a cassé un doigt à Courseulles !

Courseulles était un de ceux qui avaient provoqué Karim.

– Explique...

– Il nous attendait, dans le parc devant Saint-Béno. Je n'ai pas compris comment il savait que c'est là qu'on fume des joints avec la bande et il nous a sauté dessus par surprise.

– Houlà ! Un élève de seconde contre cinq ou six terminales, c'est sûr, il n'a pu vous prendre que par surprise.

Olivier a haussé les épaules :

– Tu me laisses continuer, ou non ? Il est arrivé. Il s'est jeté sur Courseulles, lui a arraché le joint, l'a regardé dans les yeux. Et il lui a cassé le doigt, comme ça, froidement, sans rien dire. L'auriculaire. Le craquement, on a entendu le craquement, Marie ! Courseulles en a vomi. Après, ton Karim, il a sorti un vieux téléphone portable et il nous a photographiés, nos tarpés et nos pipes à shit à la main, sans compter les barrettes sur le cartable au milieu de nous. Et il a dit : « Votre con de copain, il vient de se casser le doigt tout seul, on est bien d'accord ? Sinon, les photos qui sont là-dedans, elles arrivent sur la boîte mail du proviseur... Ça chauffera pour moi mais ça ne sera pas terrible pour vous non plus. Sans compter que j'ai des copains en ville. Je vais leur passer les photos aussi. Avec vos noms. Et si je suis viré de Saint-Bénodet, un jour ou l'autre ils vous croiseront... » Non, mais tu y crois, Marie ? C'est un psychopathe, ce type !

– Non, il est juste beaucoup plus malin que vous, je crois...

Et devant la mine blême d'Olivier, j'ai éclaté d'un rire qui a fait sursauter Verlaine.

12

Le lendemain midi, à l'heure du réfectoire, je me suis installée en face de Karim.

– Ça ne te dérange pas ?

– Pas du tout. Il y a plus désagréable comme vis-à-vis.

Je n'étais pas Révo mais je suis sûre que j'ai rougi. J'ai prié pour que ça passe, je sentais des dizaines de paires d'yeux braqués sur nous.

– Je voulais te remercier.

– De quoi ?

– D'avoir fichu la plus grande trouille de sa vie à Olivier Le Vigan.

– Je ne vois pas de quoi tu veux parler, Macha...

J'ai été heureuse que, d'instinct, il ait choisi celui des prénoms que je considérais comme le mien.

– Je comprends que tu sois prudent...

– C'est ton frère, Le Vigan ?

– Pas vraiment. On a juste le même nom et ce n'est pas celui à qui tu as cassé le doigt... Celui à qui tu as cassé le doigt, c'est Courseulles...

Karim, qui mangeait un yaourt, a suspendu son geste, laissant la cuiller à mi-chemin de sa bouche que je trouvais vraiment bien dessinée, en fait. Sans compter ses cils, presque des cils de fille qui adoucissaient son visage malgré lui.

– Comment tu sais tout ça, toi ?...

– Ne fais pas cette tête-là, Karim. Je te dis qu'Olivier, avec qui d'habitude je ne fais que partager la même maison, est venu se confier dans ma chambre tellement il avait eu peur. Il m'a tout raconté. Et puis je pense que si tu as fait ça, c'est à la fois pour que ça se sache chez les autres et qu'on te fiche la paix sans pour autant te retrouver dans le collimateur du CPE et du proviseur, au risque d'être viré... Je me trompe ?

Il n'a pas répondu. Il a terminé son yaourt mais cette fois-ci il m'a regardée comme s'il me voyait pour la première fois. Pas comme il en avait l'habitude avec les autres, en leur donnant l'impression qu'ils étaient transparents.

J'ai lu dans son regard quelque chose qui m'a plu.

J'ai lu son courage, son intelligence, son calme et, surtout, j'ai lu que je lui plaisais. Pas simplement parce que j'étais jolie à ses yeux mais aussi parce qu'il voyait en moi une égale.

– Tu lis Aragon… ? ai-je dit pour relancer la conversation.

– Tu connais ?

– Oui, par ma mère. Et toi ?

– Par une éducatrice spécialisée de mon quartier…

– C'est quoi ton quartier ?

– Tu es bien curieuse, Macha Le Vigan.

– Macha tout court suffira.

– OK, Macha Toucourt.

J'ai ri.

On reconnaissait dans le monde de la Fin, et ça, ça n'a pas changé dans la Douceur, qu'une fille est en train de tomber amoureuse quand elle rit aux vannes d'un garçon, même si elles sont moyennes.

– Je te propose quelque chose, Macha. Allons prendre un pot en ville.

Comme une idiote, j'ai demandé :

– Quand ?

– Tout à l'heure. La prof de physique est marquée absente. On pourra sortir à quatre heures. Tu veux ?

J'ai réfléchi à cent à l'heure. Le Vigan était soi-disant en congrès d'avocats quelque part dans le Sud. Maman était en clinique. Il restait Sharmila à prévenir. Elle comprendrait. Sharmila comprenait tout, et depuis bien longtemps. Olivier, je le tenais avec ses histoires de shit. Et Verlaine me pardonnerait.

Verlaine me pardonnait toujours.

J'ai dit d'accord.

Je n'ai évidemment pensé qu'à ça tout l'après-midi. On avait d'abord anglais puis histoire. J'évitais de regarder Karim pour ne pas rougir. Moi aussi, comme lui, je m'étais fait une réputation qui assurait ma tranquillité au milieu des petits mutants du *Village des damnés*, version Saint-Bénodet. Je jouais la fille solitaire, sauvage et capable de mordre, au moins en paroles, si on venait la frotter de trop près.

Ce n'était pas pour que tout s'écroule en rougissant comme une tomate si par hasard je me retournais pour regarder Karim deux rangs en arrière.

À quatre heures, dès la sonnerie, je l'ai retrouvé près de sa mobylette. Il a fallu montrer, au portail, nos carnets de correspondance au surveillant, le même qui avait fait semblant de ne rien voir quand Karim s'était fait bousculer par les terminales. Heureusement que nous étions en seconde : dans la partie collège de Saint-Bénodet, prof absent ou pas, il fallait rester jusqu'à l'horaire marqué sur l'emploi du temps, quitte à s'ennuyer en permanence.

J'ai eu peur que le pion ne fasse une remarque mais il avait l'air préoccupé par autre chose et nous a rendu les carnets sans même les avoir regardés.

Une fois la porte monumentale de Saint-Bénodet franchie, Karim a sorti un casque d'une sacoche.

– Celui-ci est pour toi, Macha. Autant être en règle. Tu n'imagines pas à quel point un Arabe en mobylette est toujours un peu suspect…

– D'après le mari de ma mère, effectivement, vous êtes tous des fanatiques religieux barbus, des voleurs, des dealers, et vous voulez remplacer la race blanche en France…

– Tu devrais l'écouter ! Si ça se trouve, il a raison ! a rigolé Karim.

Je suis montée derrière lui.

Le temps de novembre était bleu et froid, ce qui est rare à N., ville de réputation pluvieuse, exposée à l'Atlantique et aux nuages qui remontent l'estuaire. J'ai serré mes bras autour de sa taille pour m'accrocher et je me suis aperçue que, dans ma vie, j'avais finalement très peu touché de corps et qu'on avait très peu touché le mien, si ce n'était dans les câlins avec maman et mes quelques flirts à Saint-Malo.

Et là, dès cette première sortie avec Karim, le simple fait d'entourer de mes bras son ventre musclé, de sentir mes seins contre son perfecto et ma joue sur le cuir noir, cela m'a rendue heureuse comme je ne l'avais pas été depuis longtemps.

Karim avait l'air de connaître N. comme sa poche, ce qui n'était pas mon cas. À part de brèves sorties avec maman quand elle pouvait encore pour aller faire du shopping ou acheter mes affaires de classe, je n'avais jamais vraiment exploré la ville. Je me rendais compte que j'avais grandi dans un monde étanche, celui du quartier Sainte-Ursule et de l'institution Saint-Bénodet.

Karim a arrêté sa mobylette sur une place entourée de maisons médiévales à encorbellements. On se serait cru dans un décor de film, genre *Notre-Dame-de-Paris*.

– Tu connais ? C'est le quartier des Bouchers, il est resté intact malgré les bombardements de la Seconde Guerre mondiale.

Karim me confirmait qu'il n'était pas le premier en histoire pour rien. Ensuite, on a marché dans des ruelles pavées de plus en plus étroites, comme si on s'enfonçait dans les entrailles de la ville et soudain, la perspective s'est ouverte de nouveau : c'était le fleuve et, le long d'un quai, on voyait des pêcheurs à la ligne et plein de petits bistrots ou d'anciennes guinguettes qui n'avaient pas changé depuis cinquante ans au moins.

À l'intérieur, on trouvait encore des juke-box, des banquettes en moleskine rouge, des publicités pour des marques de boissons qui n'existaient plus – *Dubo, Dubon, Dubonnet* –, des tables en formica. Quant à la clientèle, rare, elle non plus n'avait pas changé depuis cinquante ans. Des vieux, avec des casquettes de marin ou en bleu de travail, buvaient des verres de blanc et des bières pression.

On est venu prendre notre commande. J'ai eu une petite inquiétude à l'idée que je n'avais pas seize ans, même si Karim les avait, lui. Mais il n'y a pas eu de problème et on nous a servi un jus d'orange pour Karim et un Coca pour moi.

– Je ne bois jamais de Coca, a dit Karim.

– Pourquoi, c'est contraire à ta religion ?

Il a ri.

– Non, je ne bois pas de Coca parce que je n'aime pas. En même temps, ça tombe bien, c'est quand même LA boisson symbole d'un monde où seuls comptent l'argent et la consommation !

Évidemment, il m'a impressionnée. Avec son look de rocker, la moustache naissante qui ombrait sa lèvre supérieure que j'avais soudain envie d'embrasser, il parlait comme un adulte.

J'ai désigné le décor du vieux bistrot :

– Comment connais-tu de tels endroits ? ai-je demandé à Karim.

– Tu aimes ? Parce que aller prendre un Milk-Sundae dans un fast-food, moi, ça me déprime… En fait, dès que j'ai pu, je me suis beaucoup promené dans N. C'est une ville faite pour l'errance, la dérive, pour se perdre dans ses passages couverts qui traversent les immeubles et relient les rues presque secrètement, ses quartiers cachés, ses jardins…

« Et puis je ne supportais pas de traîner dans ma cité, tu sais, les 800…

Oui, je savais.

La cité des 800, vue depuis Sainte-Ursule, c'était l'enfer sur terre, le cauchemar à nos portes. Des tours et des barres immenses qui se dégradaient, des émeutes urbaines sporadiques, un repaire de djihadistes en puissance, la plaque tournante du deal à N., des armes à feu qui circulaient en vente libre… Le Vigan, toujours humaniste, à chaque incident aux 800 qui était relayé par la presse régionale, disait qu'il fallait envoyer l'armée et tirer dans le tas.

– C'est vrai que ce n'est pas marrant tous les jours, comme coin, a dit Karim comme s'il avait lu dans mes pensées. Mais ce n'est pas non plus ce qu'on en dit à l'institution Saint-Bénodet ou même ailleurs en ville.

Il a léché le sucre sur la longue cuiller de son jus d'orange dans un geste de môme gourmand, et ça m'a fait craquer un peu plus.

Je me suis étonnée moi-même, j'ai pris appui sur la table qui nous séparait, je me suis penchée vers lui et je l'ai embrassé, enfin j'ai juste effleuré ses lèvres. Sur l'antique juke-box, comme un signe, un consommateur avait mis une chanson de Léo Ferré, *C'est extra*.

À partir de cette première rencontre, je peux dire que la plus belle histoire d'amour de ma vie a commencé. Elle allait très mal se terminer mais, aujourd'hui encore, je ne regrette rien. Les deux ans qu'elle a duré m'ont rendue heureuse et Karim aussi, j'en suis certaine.

C'était d'autant plus étrange que partout autour de nous, dans le monde, le malheur se déchaînait.

La crise économique s'aggravait partout en Europe. Les usines fermaient les unes après les autres, les gens avaient de moins en moins de quoi vivre, se soigner, partir en vacances... Des migrants arrivaient par milliers, épuisés, aux portes de l'Europe qui ne savait plus si elle devait être généreuse ou s'enfermer derrière des barbelés. En France et dans d'autres pays, comme si ça ne suffisait pas, des attentats avaient lieu et faisaient des centaines de morts.

Aujourd'hui, dans la ZAD de Merlicourt où, tous les deux ou trois soirs, les Cueilleurs d'histoires m'écoutent lire, où je me promène en char à voile avec Hilo pour m'aérer, je me souviens malgré tout de ces deux années comme d'une période lumineuse.

Je crois, et cela avait atténué un peu mes regrets et les atténue encore maintenant, que nous avons eu le temps de tout nous dire avec Karim, sur nous, sur nos histoires respectives, sur nos espérances futures et notre peur du présent.

J'ai ainsi appris que Karim, comme moi, ne connaissait pas son père. Il vivait seul avec sa mère qui travaillait comme caissière dans une grande surface. Il avait grandi aux 800 et s'était révélé un excellent élève, déjà, dès l'école primaire. Il avait aussi fait des bêtises. Plusieurs fois, sa mère était allée le chercher au commissariat parce qu'il avait commis de petits vols, mais ce qu'il avait volé, c'étaient... des livres. Comme moi, il se réfugiait dans la lecture.

Au centre social des 800, il avait rencontré une éducatrice spécialisée, Émilie Ambricourt. Une grande fille blonde d'une vingtaine d'années qui avait réussi à le tenir à l'écart des bandes de la Cité.

Émilie, vous l'aurez compris, était l'aïeule de Nausicaa et elle-même avait eu une jeunesse plutôt tourmentée.

Sa mère avait fait partie d'un groupe armé d'extrême gauche dans les années 70 du XXe siècle, avant même sa naissance, et Émilie avait grandi sous un faux nom sans connaître la vérité.

C'était elle, aussi, qui avait rempli le dossier de bourse Marceau pour Karim. Ça n'enchantait pas Émilie Ambricourt d'envoyer Karim chez les curés, au milieu des petits-bourges de Sainte-Ursule, mais l'atmosphère aux 800 devenait de plus en plus difficile. Des émeutes éclataient régulièrement, en réaction à des bavures commises par la police. Et Karim, par solidarité, y participait. Un jour ou l'autre, il se serait fait arrêter, serait passé en comparution immédiate devant un tribunal et se serait retrouvé en Centre Éducatif Fermé ou en prison, dans un quartier pour mineurs.

Elle avait réussi à convaincre Karim de suivre les cours, mais il avait refusé l'internat pour ne pas laisser sa mère seule. En me racontant tout ça, il me faisait découvrir un monde que je ne soupçonnais pas, ou en tout cas qui me semblait très lointain alors que quelques kilomètres à peine séparaient la cité des 800 du quartier Sainte-Ursule.

Ensuite, il y a eu la découverte de nos corps, comme un prolongement qui allait de soi. Les choses se sont faites tout naturellement, sans doute parce que nous nous aimions. Nous ne manquions pas d'endroits pour nous retrouver, paradoxalement : nous étions des solitaires ou des isolés, comme on voudra, au sein même de nos familles et de nos milieux respectifs.

Le plus souvent, nous allions dans ma chambre, dans la maison de la rue Royale, pendant que Le Vigan travaillait et qu'Olivier, lui, était en cours ou chez ses amis dans les belles villas de l'estuaire pour des week-ends qui duraient en fait presque toute la semaine.

Le Vigan lui avait offert une voiture pour ses dix-huit ans, un cabriolet dans lequel il passait son temps à parader. Cela a été encore plus facile pour Karim et moi quand il a été envoyé un an en Angleterre, histoire de réfléchir à ce qu'il voulait faire après le bac qu'il avait enfin réussi, de justesse, à décrocher.

Pour le reste, il n'y avait que Sharmila, qui fermait les yeux, et maman qui restait enfermée dans sa chambre, assommée par les médicaments.

Karim a attendu, pour la première fois, que je me sente prête, ce qui a été le cas quelques jours après mon seizième anniversaire, dans la dernière semaine de mai. Nous avons eu des gestes simples, je n'ai pas eu peur, lui non plus. Tout a été chaud, tendre et violent, mais d'une violence qui n'était là que pour amener au plaisir. C'était un plaisir qui me transportait très loin, à chaque fois, qui me faisait serrer les lèvres et qui me donnait l'impression d'une mer immense atteignant enfin la marée haute, avec ses vagues frappant les digues.

Après, nous restions allongés côte à côte, longtemps. On regardait la cime des arbres par la fenêtre, les nuages dans le ciel qui défilaient dans la lenteur de l'après-midi, on reprenait notre souffle, on parlait des heures en se câlinant. Verlaine nous dévisageait, étonné, perché en haut d'une pile de livres sur mon bureau.

– Heureusement qu'il ne parle pas, a dit une fois Karim en passant la main dans mes cheveux.

J'ai ri :

– Verlaine n'est pas une balance !

Quelquefois, aussi, nous nous sommes retrouvés chez la mère de Karim, au dixième étage de la tour des Myosotis, quand elle était à son travail.

Il n'y avait évidemment pas de myosotis, seulement des ascenseurs en panne, des graffitis, et des copains de Karim qui me regardaient avec des yeux qui ne me plaisaient pas. Mais ils ne se permettaient aucune remarque. Ils respectaient Karim. Il avait beau être passé chez les bourges de Sainte-Ursule, il n'avait jamais balancé personne et quand il y avait eu des émeutes ou des affrontements avec les CRS, il avait été avec eux au milieu des lacrymos et des voitures en feu.

La chambre de Karim ne ressemblait pas à celle d'un garçon de son âge, pour ce que j'en connaissais d'après celle de François-Xavier et encore plus d'Olivier. Cela sentait bon, c'est-à-dire l'odeur de Karim où se mêlaient quelque chose qui me rappelait les tartines grillées préparées par Sharmila et les senteurs du gel mentholé qu'il utilisait pour ses cheveux.

Dans cette pièce, il y avait beaucoup de livres et aux murs des photos reproduisant des tableaux mais aussi un grand poster d'Amy Winehouse. Le lit était toujours fait, les vêtements bien pliés et bien rangés.

– Tu es un garçon parfait, ou quoi ?

Il riait de toutes ses dents :

– Méfie-toi, l'habit ne fait pas le moine !

Nous aimions faire l'amour, mais notre relation ne se limitait pas à ça. Le sexe faisait partie d'un tout, au même titre que le goût pour les livres, les films ou les promenades dans les quartiers insolites de N., comme le passage Anicet, datant du XIXe siècle. Avec sa galerie couverte par une verrière colorée, on avait l'impression d'être dans un aquarium. Nous y allions souvent car il nous faisait l'effet d'une machine à remonter le temps.

On y trouvait surtout des bouquinistes, des magasins de vieilles dentelles ou de bijoux anciens, des antiquaires qui vendaient des objets étranges ou oubliés, comme des cannes-épées, des boîtes à musique ornées de fantômes qui jouaient des valses funèbres, des jumelles de théâtre, des nécessaires à couture qui se dépliaient, pleins de tiroirs secrets.

– Les surréalistes adoraient cet endroit. Aragon a écrit dessus, je crois... m'avait dit Karim.

Nous allions aussi nous baigner sur la plage des Brières, quand le temps le permettait. Nous prenions un TER qui était en fait une vieille micheline.

La plage des Brières, même l'été, n'était pas très fréquentée. Pas assez chic pour Sainte-Ursule et trop éloignée pour la cité des 800, nous ne risquions pas d'y rencontrer quelqu'un de notre connaissance. Il y avait des dunes et des oyats, comme à Merlicourt, et il nous arrivait, à l'occasion, de nous y aimer aussi en goûtant le sel sur nos peaux et en léchant les gouttes d'eau qui restaient de notre baignade.

Il y avait aussi nos interminables discussions.

Nos vies nous avaient amenés, malgré nous, à une sorte de maturité qui nous éloignait de plus en plus des gens de notre âge et de nos environnements respectifs. Nous étions, en quelque sorte, inclassables. Nous n'en tirions aucune fierté, plutôt une vague inquiétude car, à seize ans, on préfère en général passer inaperçu.

Nous nous contentions, par exemple, de nos vieux téléphones portables, et Karim m'a expliqué que s'il avait un iPod, c'était surtout parce que dans la tour des Myosotis on entendait à toute heure le bruit des voisins qui se disputaient ou faisaient la fête, le rugissement des moteurs en surrégime lors des rodéos de bagnoles volées sur les parkings, sans compter, chaque nuit ou presque, les interventions de la BAC[1], sirènes hurlantes, qui faisaient des descentes dans les caves pour chasser les dealers.

– Alors, tu vois, grâce à Amy Winehouse directement dans les oreilles, je m'isole.

Nous parlions aussi beaucoup du monde qui nous entourait. Karim m'a ainsi appris, alors que nous étions passés en première, qu'Émilie Ambricourt, l'éducatrice spécialisée qui l'avait tellement aidé, avait pris un congé sans solde et avait décidé, selon ses propres termes, d'aller « là où ça se passait, là où on résistait ».

Dans les mois qui ont suivi, Émilie Ambricourt a envoyé à Karim des SMS depuis différentes ZAD, Sivens, Bure, Notre-Dame-des-Landes – où devait naître quelques années plus tard Agnès-des-Calanques –, mais aussi depuis le val de Suse en Italie où paysans et jeunes empêchaient la construction d'une ligne à grande vitesse

---

1. Brigade anticriminalité.

Lyon-Turin qui risquait de massacrer une des plus belles vallées alpestres d'Europe.

Émilie Ambricourt allait aussi à des manifestations contre l'Exposition universelle de Milan ou la Banque centrale européenne à Francfort, contre les sommets du G8 et, comme je l'ai appris plus tard de sa bouche, elle retrouvait déjà régulièrement à cette époque son amie d'adolescence, Clara Pitiksen, dans les endroits où ça chauffait. C'étaient des jeunes de toute l'Europe et même d'autres continents qui se retrouvaient là comme à des rendez-vous.

Émilie Ambricourt écrivait aussi à Karim de faire attention à lui, de s'accrocher en classe, que bientôt, quand il aurait le bac en poche, il pourrait oublier Saint-Béno, leur faire un bras d'honneur et choisir les études qui lui plairaient. Elle lui disait même que cette Macha dont il était très amoureux lui semblait très bien...

– Tu lui as parlé de moi ?

– Évidemment.

J'étais à la fois flattée et troublée, sachant l'importance qu'avait eue et qu'avait encore cette personne dans sa vie.

Je m'étais décidée pour ma part à parler de Karim à maman, sans trop d'espoir d'être entendue. D'habitude, quand j'allais la voir dans sa chambre, c'était toujours un peu désespérant. J'étais partagée entre le chagrin, la compassion et la colère. J'avais envie de la secouer, de la gifler pour qu'elle réagisse.

J'aurais voulu avoir déjà un métier, de l'argent, l'emmener vivre avec moi, loin de cette maison mortifère, du sadisme de Le Vigan. Libérée de lui, j'en étais sûre, elle pourrait arrêter tous ces médocs qui lui faisaient plus de mal que de bien.

J'ai été heureusement surprise car mon histoire avec Karim a paru la réveiller un peu.

Elle a retapé son oreiller, s'est redressée, m'a fait raconter en détail. Elle a eu les réflexes que l'on peut attendre d'une mère. Elle m'a demandé si je prenais des « précautions », s'il était gentil, si j'étais heureuse. Elle m'a aussi dit de faire attention avec Le Vigan, surtout qu'il ne sache rien.

Elle s'est même levée pour aller dans son coffret aux reliques. J'ai découvert ainsi qu'il comportait un double fond où se trouvait de l'argent liquide qu'elle avait gardé en secret depuis son mariage avec Le Vigan qui ne lui laissait qu'un carnet de chèques et une carte de crédit dont il vérifiait minutieusement les dépenses.

– Je présume que tu dois avoir des faux frais ! a-t-elle souri en me tendant quelques billets. N'hésite pas à m'en redemander si tu en as besoin, ma Püppchen !

Je l'ai embrassée et j'ai constaté en la serrant contre moi comme elle avait maigri sous son élégante chemise de nuit.

– J'aimerais le rencontrer, Macha, si je ne te fais pas trop honte...

– Mais non, maman, au contraire ! Simplement, c'est toi, il faut que tu te sentes en forme ! Mais pas en ville ou dans les environs immédiats de N. On est d'une discrétion exemplaire avec Karim. Ceux qui nous soupçonnent à Saint-Béno n'ont pas de preuves et Olivier, je le tiens par d'autres moyens. Et puis maintenant qu'il est en Angleterre, de toute façon, on est tranquilles de ce côté-là. Mais il faudrait trouver un coin calme.

– Je prendrai sur moi, Püppchen. Ce sera toujours moins difficile que lorsque Étienne me demande de l'accompagner à une réception ou de recevoir ses amis d'extrême droite...

C'est ainsi que nous avons connu notre unique déjeuner à trois, Karim, maman et moi, dans un restaurant de fruits de mer, à la plage des Brières, peu de temps avant le bac de français.

Maman était métamorphosée, charmante, presque rieuse. Elle nous a mis tout de suite à l'aise et j'ai entrevu la femme séduisante qu'elle avait dû être à Paris et encore avant l'adolescente sexy sur les plages d'Amorgos, du temps où mes grands-parents Patrikios étaient vivants.

Nous avons mangé des huîtres. Pour Karim, c'était la première fois. Il a aimé et on aurait dit, quand il les retirait de leur coquille, qu'il avait fait ça toute sa vie. Le muscadet, servi dans son seau à glace, nous rosissait les joues à tous les trois.

Maman a parlé de poésie avec Karim et c'était à peine si, parfois, elle avait un regard triste vers la mer, au-delà de la baie vitrée du restaurant.

Le soleil resplendissait, la mer était calme, immense. À un moment, maman a récité deux vers d'Apollinaire :

C'était un temps béni,
Nous étions sur les plages.

On avait envie de baisser la garde, de vivre enfin en accord immédiat avec le paysage et l'après-midi qui s'étirait voluptueusement. On avait envie d'oublier tout le reste et on y est presque parvenus.

On aurait pu croire le bonheur à portée de main.

C'était évidemment une erreur.

13

J'ai passé un été épouvantable après la fin de la première.

Le précédent, j'avais réussi à voir Karim presque chaque jour, même pendant les deux semaines à Saint-Malo où il avait trouvé le moyen de se faire embaucher dans un resto turc tenu par l'ami d'un de ses cousins, près du port.

Je n'avais, du coup, jamais autant mangé de kebabs que cette année-là et je crois bien que j'ai dû prendre trois kilos malgré des heures de cross, de gym, de volley et de natation.

Dès qu'il avait terminé son service, je retrouvais Karim. Nous entrions par une porte dérobée dans la villa de famille qui donnait sur la plage du Sillon. Elle était immense et seulement habitée par Sharmila et maman. C'était presque trop facile. J'aimais le bruit de la mer qui nous accompagnait quand nous étions dans les draps blancs amidonnés de notre chambre qui sentait l'encaustique et la poussière.

Mais l'été suivant, ça a été une autre affaire. Le Vigan avait décidé de faire semblant de vouloir renouer avec les traditions et de présenter le visage d'une grande famille unie et exemplaire. Il a fait venir Anne-Émeline, son mari et sa marmaille. Il a payé le voyage depuis Boston à François-Xavier et à son Américaine, jolie, mais qui ne parlait pas un mot de français. Le Vigan a dû aussi instamment prier Olivier d'être présent, au nom de l'« esprit de famille ».

C'était une ambiance insupportable, notamment au moment des repas, quand il trônait comme un patriarche et assénait ses considérations sur la décadence de la France et régentait la vie quotidienne de la villa jusque dans ses moindres détails.

– Marie, allez donc suivre des cours de tennis. J'en ai parlé avec Duits, vous savez, le père de votre camarade de classe, Ombeline. C'est déjà une joueuse classée. Elle pourrait vous apprendre. Dans nos milieux, les femmes doivent jouer au tennis, ou au moins savoir tenir une raquette. C'est aussi important que de lire Proust, vous savez. Plus même...

Je saisissais l'allusion à mes heures de lecture solitaire. Pour avoir la paix, je suis allée deux heures tous les jours, sous la pluie évidemment, m'entraîner avec cette prétentieuse d'Ombeline qui s'obstinait à me faire travailler mon revers. Au bout d'une semaine, j'avais des envies de meurtre et j'aurais rêvé d'étrangler cette petite idiote qui sentait Sainte-Ursule à des kilomètres à la ronde.

Du coup, quand j'ai ouvert l'arcade sourcilière d'Ombeline avec ma raquette justement en travaillant mon revers, tout le monde a cru sans le dire que je l'avais fait exprès. Or, c'était totalement involontaire.

Enfin, je crois...

– Ça saigne beaucoup mais ce n'est pas grave... ai-je dit avant de rentrer à la villa alors que le polo et la jupe blanche d'Ombeline se teintaient de rouge.

L'incident n'a pas eu de suite, sinon qu'il n'a plus été question de m'apprendre le tennis et que Le Vigan m'a regardée avec l'air de celui qui a tout compris mais n'en dira pas plus, pour ne pas troubler la sérénité de la tribu enfin réunie.

J'ai donc passé un été morne. La pluie n'a pratiquement pas cessé. Mes journées se sont résumées à des heures de lecture, à des échanges de SMS avec Karim qui n'avait pas pu renouveler son plan kebab et était resté coincé à N., à des engueulades froides avec

Anne-Émeline qui me trouvait de plus en plus insolente. Mes notes aux épreuves anticipées du bac de français, 19 à l'écrit et 20 à l'oral, les mêmes que celles de Karim et les meilleures de Saint-Bénodet, ne me consolaient pas.

– Ce n'est pas parce que tu assures au lycée qu'il faut te croire tout permis, disait régulièrement Anne-Émeline en berçant son petit dernier.

Maman n'apparaissait qu'aux repas et Sharmila faisait la tête devant le surcroît de travail, au point que j'ai entendu Le Vigan lui chuchoter dans un escalier :

– Vous savez, si vous n'êtes pas contente, vous pouvez toujours prendre la porte.

Non, justement, elle ne pouvait pas, et Le Vigan le savait.

La deuxième mauvaise surprise a eu lieu à la rentrée, quand nous nous sommes aperçus avec Karim que nous n'étions plus dans la même classe.

Il était persuadé que c'était intentionnel, qu'on voulait nous séparer. Je ne le croyais pas, je tentais de le calmer, mais il a commencé à changer d'attitude, pas envers moi mais envers Saint-Bénodet. Par exemple, une discussion en cours avec le prof de philo s'est terminée par un renvoi chez le CPE des terminales pour insolence.

– Vous pouvez faire valoir vos arguments sans monter le ton, monsieur Rafa, a dit ce dernier avant de le coller deux samedis après-midi consécutifs.

Et puis, le 30 septembre, il y a eu le viol.

Hélène Schneider, une élève de première, a été retrouvée dans les toilettes de la partie lycée de l'institution. Elle était en pleurs, le jean descendu, la petite culotte arrachée.

C'était un jeudi, juste après la fin des cours. D'après son témoignage, alors qu'Hélène s'apprêtait à sortir, elle a été prise d'une envie subite de faire pipi et est retournée sur ses pas dans les couloirs vides, jusqu'aux toilettes.

Là, elle a voulu rallumer les lumières qui venaient de s'éteindre. C'est à ce moment que l'agresseur l'a violée après l'avoir à moitié assommée d'un coup de poing sur la tempe.

C'est une de ses copines, s'inquiétant de ne pas la voir sortir, qui l'a découverte. Elle s'est mise à hurler. Un surveillant est arrivé. Son premier réflexe a été d'appeler le CPE qui a prévenu le proviseur. On a averti les parents seulement après qu'Hélène Schneider a été envoyée à l'hôpital.

Tout cela, à Saint-Bénodet, on ne l'a su qu'après.

Deux mois après.

Les flics ne voulaient pas que l'affaire s'ébruite pour trouver plus facilement le coupable. Ils ont donc verrouillé les informations au maximum. Seuls les parents d'Hélène Schneider, sa copine, le surveillant et bien sûr le proviseur et le CPE ont été mis dans la confidence de l'enquête et ont été priés de garder le secret.

Hélène, elle, est partie en clinique avec un suivi psychologique.

Au bout de deux mois, l'enquête ne donnait toujours rien.

Les traces d'ADN recueillies sur le corps d'Hélène par la police scientifique et recoupées avec différents fichiers de délinquants sexuels ou même de toute personne ayant eu à faire avec la police n'indiquaient aucun nom. Par ailleurs, que ce soit dans l'entourage de la famille ou à l'institution, aucun suspect probant n'était apparu.

Alors la procureure de N., qui était en charge de l'affaire, a décidé d'employer les grands moyens. Il faut dire qu'on était en période électorale et que l'insécurité devenait un thème très porteur pour l'extrême droite qui caracolait en bonne place dans les sondages.

La procureure s'est rendue en compagnie du commandant de police chargé de l'affaire à Saint-Bénodet où, en accord avec le proviseur qui y a pris part, elle a donné une conférence de presse.

L'affaire Schneider a pris ainsi une ampleur nationale.

Un viol avait été commis dans les toilettes de l'école la plus prestigieuse et la plus chic de N. Le coupable devait être confondu et arrêté à tout prix. Puisque l'enquête n'avait rien donné mais qu'on possédait néanmoins une trace ADN, l'ensemble des élèves et des personnels masculins du lycée allaient être soumis à un prélèvement. Le nombre de prélèvements à effectuer à Saint-Bénodet, après les recoupements, concernerait 527 personnes au total :

– 475 lycéens, 31 enseignants et 21 membres du personnel technique quotidiennement sur place ou en contact avec le lycée notamment, lors de livraisons par exemple... a précisé la procureure, une femme assez jeune, jolie, mais à la mâchoire crispée et au regard dur. En tout cas, elle passait rudement bien à la télé et elle devait se dire que c'était l'affaire de sa vie.

Les prélèvements auraient lieu au lycée dès le lundi suivant à huit heures et, pendant ces trois jours de collecte, les cours seraient suspendus. Les convocations devaient être remises à chacun en main propre.

Évidemment, à la maison, Le Vigan n'a parlé que de ça. Il ne cessait de répéter que l'on n'était plus à l'abri nulle part, qu'il savait que Saint-Bénodet employait comme agents de service des Noirs et des Arabes, qu'il ne fallait pas s'étonner, après, si ce genre de chose arrivait.

J'ai failli lui jeter mon verre d'eau au visage et lui dire : « Oui, il y a même des élèves arabes à Saint-Bénodet, figurez-vous, abruti de raciste ! Et j'aime l'un d'entre eux. Je n'ai pas besoin qu'il me viole puisque je suis parfaitement consentante. »

J'ai préféré me lever et retourner dans ma chambre :

– Vous pourriez demander la permission de quitter la table, Marie !

– Moi, c'est Macha, monsieur, lui ai-je répondu en lui faisant un doigt d'honneur.

J'étais déjà dans le couloir quand je l'ai entendu prendre ma pauvre maman à témoin :

– Vous avez vu, Elena, c'est inconcevable ! Littéralement inconcevable ! Vous pourriez dire quelque chose à votre fille ! Je ne supporterai plus cela longtemps ! Mais ça changera quand nous aurons emménagé dans la Résidence…

Le dernier mot m'a fait sursauter.

Il avait déjà été question de déménagement dans cette mystérieuse Résidence, durant l'été à Saint-Malo. J'avais surpris des bribes de conversations entre François-Xavier, Loïc Morneville, le mari d'Anne-Émeline, et Le Vigan. Ils étaient dans la véranda. Ils buvaient du cognac dans leurs fauteuils en osier. La mer était grise comme le ciel et il y avait tellement de pluie qu'on voyait à peine le Grand Bé.

– Oui, père, ce genre de Résidence est presque monnaie courante aux USA. Si vous pensez que c'est la meilleure solution, mais je n'en suis pas certain…

– Je le pense, François-Xavier. Même si le Bloc Patriotique gagne les élections, ils n'auront pas les moyens de leur politique, ni même la volonté. Nous sommes de plus en plus submergés par la racaille et les étrangers. Regardez-les arriver par milliers sur nos côtes… Et cela n'ira pas en s'arrangeant…

Dans ma chambre, ce soir-là, j'ai longtemps parlé au téléphone avec Karim, comme si je pressentais un malheur. À un moment, la conversation est venue sur Hélène Schneider.

– J'ai reçu ma convocation pour le prélèvement. Mardi à dix heures quinze, a dit Karim.

– Ce n'est pas grand-chose, tu sais. Une languette de bois dans la bouche et c'est fini.

– Je vais refuser ce prélèvement, Macha…

– Mais pourquoi ?

– Parce que c'est une manière déguisée de ficher la population. Il y a des millions de gens qui même s'ils n'ont rien fait se retrouvent dans des fichiers de la police. Tu as lu *1984* ? Tu as lu *Le Meilleur des mondes* ? On y est, Macha, on y est déjà. Après, ces fichiers, la police s'en servira comme elle voudra et pas seulement contre des criminels mais aussi contre des gens qui ne sont pas d'accord avec le système, comme ceux des ZAD par exemple, comme Émilie Ambricourt…

Soudain, je me suis sentie en colère contre Karim. Il continuait à raisonner froidement, on aurait dit que rien n'avait eu lieu. Moi, j'étais poursuivie par l'image de cette Hélène. Je la connaissais de vue, une jolie blonde, encore potelée comme une petite fille, plutôt moins arrogante que la moyenne des élèves de Saint-Béno. J'avais même échangé deux ou trois mots avec elle, au début de l'année, au CDI, alors que nous étions toutes les deux dans le rayon poésie, assez peu fréquenté, il faut le dire.

Elle m'avait demandé timidement si j'avais lu Verlaine, elle venait d'étudier un poème en classe. Je lui avais dit que oui, que j'avais même appelé mon chat comme lui. Cela l'avait fait sourire.

– Tu penses à Hélène Schneider, un peu, Karim ? ai-je dit plus sèchement que je ne l'aurais voulu.

Mais je voyais cette fille étendue sur le carrelage des toilettes, la silhouette sur elle dans la pénombre. J'avais du mal à imaginer la douleur qu'elle avait dû ressentir, sa peur, sa honte.

– Il t'est venu à l'idée que cela aurait pu être moi, Karim ? Tu imagines…

Il ne disait plus rien à l'autre bout du téléphone.

Et puis il a dit d'une voix changée :

– Tu as raison, Macha. Je ne sais pas ce que j'ai. C'est peut-être à force d'évoluer en milieu hostile depuis si longtemps. Aux 800, dans les rues de N. Et je ne te parle pas de Saint-Béno. Mais ce n'est pas une excuse. C'est juste que c'est difficile de… de résister sans devenir insensible. Macha, je t'aime, je…

J'ai senti sa voix qui déraillait, les sanglots qui affleuraient. Et j'ai enfoncé le clou, comme pour le protéger de lui-même :

– Tout le monde va te croire coupable si tu es le seul à refuser le test !

– Qu'ils croient ce qu'ils veulent, je m'en fous…

– Mais tu as entendu ce qu'a dit la procureure ? Ceux qui refusent iront en garde à vue jusqu'à ce qu'ils acceptent. Il y aura des perquisitions chez toi, chez tes potes…

– C'est du bluff, on risque tout au plus une amende… Et comme je n'ai pas un rond et maman non plus…

– Tu vas te faire virer de Saint-Béno, à six mois du bac…

– On verra. Pour moi c'est plus important qu'un diplôme, c'est une question de fidélité à des principes, Macha. On en a assez parlé tous les deux. Tu as vu que le Bloc Patriotique peut arriver au pouvoir ? Tu imagines, ces fichiers entre leurs mains ?

– J'ai peur, Karim...

– Moi aussi, qu'est-ce que tu crois ?

Nous sommes restés le lundi, toute la journée ou presque, dans ma chambre. Et nous n'avons pas abordé l'affaire Hélène Schneider. Nous avons juste fait l'amour et ça a été très fort, très bon. Parfois les yeux de Karim s'embuaient, je le sentais lointain, malheureux, angoissé. J'ai voulu l'inciter à parler mais il faisait semblant de retrouver son beau sourire et il me disait : « Ça va, ils trouveront ce salaud de violeur même si je n'accepte pas le test. »

Je n'ai pas pu m'empêcher de pleurer quand Karim a été sur le point de repartir. Il a essuyé mes larmes. Il a posé un dernier baiser sur mes lèvres, il a dit : « Salut, Verlaine ! » en caressant le chat et il est sorti par l'escalier en colimaçon, celui qui donne directement dans la cuisine de Sharmila en évitant les étages de la maison.

Moi, j'ai juste enfilé un tee-shirt sur mon corps nu, je suis passée dans le couloir, j'ai ouvert une fenêtre qui donnait sur la rue Royale.

J'ai vu sa silhouette féline, dans son éternel perfecto noir, qui s'estompait sous la pluie. Il allait disparaître à l'angle de la rue quand il s'est retourné vers la maison.

Je me dis aujourd'hui que la dernière vision qu'il aura eue de moi, c'est celle d'une fille décoiffée, aux cheveux sombres et mouillés par la pluie, au tee-shirt blanc plaqué sur les seins.

Il a levé la main pour m'envoyer un baiser, il a souri, et je ne savais plus si ce qui mouillait mon visage, c'était la pluie ou les larmes.

La suite, je ne peux que l'imaginer ou m'appuyer sur des témoignages partiels. Mais je crois, hélas, que je ne me trompe pas.

Le mardi, Karim est entré à dix heures quinze comme prévu dans la salle de SVT où se déroulaient les prélèvements. Il faisait partie d'un groupe de huit, comme cela, également, était prévu par le dispositif mis en place par la procureure et la police.

Parmi les huit élèves de terminale, outre Karim, il y avait un autre garçon que je connaissais un peu. Un boursier « Marceau » lui aussi. Il m'a décrit, plus tard, les quatre policiers, dont une femme, qui étaient là.

Ils portaient des gants et des masques. Ils ont fait signe aux élèves d'approcher en demandant à ceux qui étaient majeurs de signer le papier autorisant le prélèvement. Pour les autres, les parents l'avaient déjà fait.

Karim a refusé, très poliment.

La femme flic a soupiré, elle l'a emmené au fond de la classe et elle a retiré son masque :

– Tu vas avoir de très gros ennuis, Karim Rafa. Tu ne veux pas parce que c'est toi qui as violé Hélène Schneider ?

– Ce n'est pas moi. De toute manière, je n'étais pas dans l'établissement à cette heure-là. Vérifiez avec mon emploi du temps.

– On sait faire notre boulot. Tu aurais pu revenir, violer Hélène et repartir.

– Ce n'est pas moi.

– Alors laisse-toi passer une languette dans la bouche et tout ira bien.

– Non. Je refuse d'être fiché.

– Tu sais comment je m'appelle ?

– Je ne vois pas le rapport, madame…

– Je m'appelle Samira. Samira El-Berkani…

– Je ne vois pas toujours pas le rapport.

– Si, tu le vois. Ça n'a pas été facile pour moi comme ce n'est pas facile pour toi. J'ai grandi aux 800, tu sais ? Alors ne joue pas au con, ne gâche pas ton avenir ! Accepte et oublie.

– Je ne veux pas être fiché. Je refuse ces méthodes.

La femme flic a soupiré de nouveau. Je suis certaine qu'elle était, au fond d'elle, partagée entre l'admiration et la colère.

– Celui-là ne veut pas, chef…

Les policiers en avaient terminé avec les sept autres élèves de terminale. Ils les ont renvoyés dehors, mais le chef a dit :

– Vous ne faites pas rentrer les suivants tout de suite. On viendra les chercher.

Le fameux « chef » est venu vers Karim et la femme flic. Il a retiré son masque à son tour :

– Tu sais ce que tu risques ?

– On se connaît ?

– Pourquoi ?

– Parce que vous me tutoyez...

– Ne fais pas le malin...

– J'ai expliqué à votre collègue les raisons de mon refus.

– C'est parce que c'est toi qui as violé la petite Hélène, alors ?

– Non. Simplement, je ne veux pas être fiché, je ne suis pas du bétail...

– T'es un gauchiste ?

– Non, un citoyen qui estime que ses libertés fondamentales sont bafouées.

– T'es surtout un emmerdeur ! Et un petit con !

Après, ils ont fait monter Karim au troisième étage, la salle de SVT se trouvant au deuxième. Je le sais parce que d'autres garçons qui attendaient ont vu des policiers en tenue entrer dans la salle de SVT puis en ressortir avec Karim menotté.

Les flics ont sans doute voulu l'intimider.

Ils ne savaient pas à qui ils avaient à faire.

Les résultats des prélèvements étaient centralisés dans une salle de classe du troisième, sous le contrôle d'un gradé et d'autres membres de la police scientifique. C'est ce qu'ont dit les journaux, en tout cas.

Là, je pense que Karim a été brièvement interrogé puis ils l'ont fait passer dans une autre salle par une porte communicante. Les flics ont dit qu'à partir de ce moment ils l'ont laissé seul, qu'ils voulaient le faire réfléchir, avec les menottes aux poignets, qu'ils l'avaient juste menacé de l'envoyer en garde à vue et de passer la nuit en cellule puis d'aller perquisitionner chez sa mère, au petit matin.

Et c'est la seule erreur qu'ils aient reconnue dans cette histoire : avoir laissé Karim seul parce que, somme toute, il était très calme.

Moi, je crois au contraire qu'ils l'ont bousculé, frappé, humilié.

Je crois qu'ils ont dû menacer sa mère, je crois qu'ils ont dû soit le rendre à moitié fou de colère, soit le pousser eux-mêmes parce que toujours est-il que, à quinze heures douze, le corps de Karim fracassait la fenêtre et s'écrasait trois étages plus bas.

Je m'arrête un instant d'écrire : malgré mes cent sept ans, malgré l'odeur de l'iode et des pins maritimes, malgré le cri des mouettes, le bruissement d'un deltaplane que je vois passer au-dessus de mon arbre par le toit de verre, mes larmes de vieille femme coulent sur le papier et diluent l'encre de mes mots.

Elles doivent être à peine moins abondantes que celles que j'ai versées, seule dans ma chambre, quand j'ai appris la nouvelle par Internet.

Que celles, encore, que j'ai versées en me serrant contre maman qui a laissé sa Püppchen de dix-sept ans dormir avec elle, après un somnifère léger.

Que celles, enfin, que j'ai versées le jeudi, quand tout le lycée est revenu en cours et que j'ai vu la silhouette de Karim dessinée à la craie, sous les platanes, avec des traces de sang mal effacées au niveau de la tête.

La mort de Karim a fait la une des médias plusieurs jours. Cela ne l'a pas ressuscité.

J'ai ainsi pu voir le visage dévasté de sa mère que je n'avais jamais rencontrée et qui lui ressemblait tellement que j'en ai eu la respiration coupée.

Il y a eu, évidemment, des émeutes aux 800 malgré les compagnies de CRS mises en place très vite, des manifestations dans N. et d'autres villes de France contre l'État policier, ce *Big Brother* sans pitié qui était en train de se mettre en place.

Comme c'était la campagne électorale, dans les commentaires sur Karim, deux camps se dessinaient clairement.

Ceux qui ont parlé d'une bavure policière dont avait été victime un élève exemplaire qui avait fait preuve d'une grande conscience citoyenne. Du coup, on voulait remettre en question le fichage systématique auquel se livrait la police et nommer une commission parlementaire pour déterminer une plus grande déontologie dans les prélèvements ADN.

De l'autre côté, on a parlé de Karim comme d'un ancien délinquant à qui on avait donné sa chance. Il l'avait refusée, avait violé la petite Schneider, et son suicide était un aveu. On a dit qu'il ne fallait pas céder au laxisme, que le fichage était un moyen d'assurer la sécurité des gens et que ceux qui n'avaient rien à se reprocher n'avaient rien à craindre. Que suffisamment de menaces pesaient sur le pays pour ne pas s'offrir le luxe de refuser des lois qui protégeaient les honnêtes citoyens. Qu'il fallait savoir faire passer la liberté au second plan.

Le Vigan, évidemment, était de ce côté-là.

Moi, je devais cacher ma peine et subir ses commentaires abjects.

À quoi tient une vie ? Un destin ? Je ne sais pas ce qui m'a retenue, un dimanche midi, alors que, à peine revenu de la messe, il prenait son whisky avant de passer à table et qu'il crachait sa haine raciste à propos de Karim, mon Karim, celui dont l'absence créait au creux de mon ventre un vide hallucinant, oui, je ne sais pas ce qui m'a empêchée de prendre un des couteaux à viande sur la belle nappe blanche où Sharmila venait de dresser le couvert et de l'enfoncer dans son crâne blond déjà gagné par la calvitie.

Oui, je me le demande vraiment.

Je crois que j'aurais eu la force de l'enfoncer jusqu'à la garde, une fois, deux fois, trois fois jusqu'à l'épuisement.

Ensuite, j'aurais appelé Police Secours et j'aurais dit d'une voix enfin apaisée : « J'ai tué Étienne Le Vigan. Et ça m'a fait un bien fou. »

Il n'y aurait pas eu de Résidence, il n'y aurait pas eu ma fuite, il n'y aurait pas eu les ZAD mais sans doute la prison ou l'asile. Je n'aurais peut-être pas vécu assez vieille pour connaître la Douceur.

Finalement, cela aurait été une victoire d'Étienne Le Vigan, une victoire posthume mais une victoire quand même. Je l'en ai privé et j'ai bien fait. Je pense qu'il a dû beaucoup plus souffrir, quelques années plus tard, quand il a vu le monde de la Fin s'effondrer. Et, s'il a survécu à cet effondrement, en assistant à la naissance de la Douceur.

Pour le reste, j'ai appris quelques mois plus tard, alors que j'étais déjà sous d'autres cieux, que les résultats ADN n'avaient rien donné.

Que Karim, symbole de la jeunesse en lutte contre le Bloc Patriotique depuis que celui-ci avait accédé au pouvoir le jour même de l'anniversaire de mes dix-huit ans, avait définitivement été innocenté puisque le coupable du viol d'Hélène Schneider avait été retrouvé : c'était un ancien élève de Saint-Bénodet qui avait quitté l'établissement depuis trois ans.

Karim l'avait connu, en plus.

C'était Courseulles, le copain d'Olivier. Celui à qui il avait cassé le doigt.

14

Étienne Le Vigan, au moment du dessert, a frappé du couteau sur son verre pour attirer l'attention des convives.

Nous étions un dimanche midi, entre Noël et le jour de l'An, dans la grande salle à manger de la rue Royale, celle qui ne sert que pour les déjeuners et les dîners officiels.

Il y avait une vingtaine de convives : les associés de Le Vigan dans son cabinet d'avocats, leurs épouses et leurs enfants, un peu plus jeunes que moi, que je connaissais de vue car ils fréquentaient Saint-Bénodet, mais aussi le docteur Duvert, celui qui soignait maman ou plutôt qui l'assommait avec des anxiolytiques et des antidépresseurs toujours plus forts.

Duvert était lui aussi venu avec son épouse, une jeune femme qui avait vingt ans de moins que lui, et leur fils de dix ans qui s'ennuyait terriblement, faisait des boulettes avec le pain et recevait régulièrement des tapes discrètes sur la main. Maman, elle, était là de manière purement physique. Elle avait des gestes automatiques qui lui permettaient de porter la nourriture à sa bouche, et encore, des quantités minuscules pour chaque plat qu'elle mettait un temps fou à avaler.

Je trouvais qu'elle avait encore maigri depuis la mort de Karim, comme si cela l'avait touchée autant que moi. Et peut-être était-ce le cas, peut-être avait-elle mis dans cette histoire d'amour ses derniers espoirs de ne pas me voir, comme elle, terminer prisonnière de Le Vigan ?

Je ne connaissais pas ou beaucoup moins les autres convives, qui étaient aussi du genre Sainte-Ursule.

Il restait un homme qui détonnait, venu sans femme et sans enfant. Il était proprement immense. Son crâne était entièrement rasé, ses traits osseux et sa carrure impressionnante. On aurait dit que les coutures de son costume sombre allaient craquer sous l'effet de sa musculature. Il répondait par monosyllabes à ses voisins de table, avec un sourire mécanique et un regard gris qui ne laissait lire aucune émotion.

– Chers amis, je vais réclamer un peu de votre attention ! a commencé Le Vigan. Si je vous ai réunis aujourd'hui, c'est pour vous faire part d'une décision que certains d'entre vous connaissent. C'est le cas de notre ami, le docteur Duvert, mais aussi de mon associé Cambremer. Dandry et d'autres hésitent encore un peu... Mais je suis certain qu'ils nous rejoindront bientôt.

Je me suis dit, je ne sais pas pourquoi, ça y est, il va se lancer en politique et va rallier officiellement le Bloc Patriotique.

Avant la mort de Karim, cela m'aurait mise dans une rage folle, un beau-père facho, mais maintenant, depuis quelques semaines, j'étais comme anesthésiée. Je vivais à la manière d'un automate ou d'un zombie. Je me lavais, m'habillais, allais en classe comme si tout était normal, et je savais que si j'arrêtais, si je prenais le temps de penser, de me souvenir, je m'effondrerais.

Mais je ne voulais pas m'effondrer, je ne voulais pas des paroles doucereuses et des drogues du docteur Duvert. Je l'avais vu faire avec maman. J'avais compris. Il ne soignait pas la racine du mal dont vous souffriez, seulement ses symptômes.

Il vous abrutissait pour que vous puissiez continuer de faire semblant que tout allait bien, que tout était normal, même si, pour cela, il vous transformait en morte-vivante, comme maman.

Je ne voulais pas non plus m'habituer à la mort de Karim. Je cherchais juste, pour quelque temps, à éluder cette mort, comme le taureau évite l'épée du matador, parce que la disparition de Karim me détruirait si je la regardais en face, si je mesurais d'un seul coup la perte qu'elle représentait.

La voix d'Étienne Le Vigan continuait :

– Dans trois semaines, donc, les Cambremer, les Duvert et nous-mêmes, les Le Vigan, nous serons les heureux habitants de la Résidence des Forts, que l'on appelle tout simplement, chez les initiés, la Résidence. J'ai eu le plaisir d'inviter pour ce déjeuner le Capitaine, c'est ainsi qu'on le surnomme, qui vous parlera mieux que je ne saurais le faire des aspects techniques mais aussi, j'ose le dire, philosophiques d'un emménagement à la Résidence.

Le Vigan a laissé la parole à l'homme rasé.

Celui-ci a commencé à parler d'une voix grave presque envoûtante :

– Laissez-moi d'abord me présenter. Je suis Ludovic Caslot, ancien capitaine de l'armée française. J'ai servi en Afghanistan et sur différents théâtres d'opérations africains, comme le Mali ou la Centrafrique. J'en ai tiré la conclusion que l'armée n'a plus les moyens de défendre la France à l'extérieur comme à l'intérieur ou ne les aura plus dans une période proche. Que la police est paralysée par des juges laxistes qui sont toujours du côté des délinquants. Qu'on ne combat pas efficacement le terrorisme. Alors, j'ai fait valoir mes droits à la retraite et je suis devenu directeur technique, chargé de la sécurité à la Résidence des Forts.

Je me suis souvenue d'avoir entendu parler, sur des sites Internet que l'on suivait avec Karim, de ce genre de résidence.

Et ce n'était pas en bien.

Imperturbable, calme, le regard dur et les mâchoires carrées, le Capitaine a poursuivi :

– La Résidence des Forts est appelée ainsi parce qu'elle a été édifiée par ses promoteurs autour de deux forts Vauban, à cinquante kilomètres d'ici, sur les hauteurs qui surplombent l'estuaire. Vous les avez peut-être visités à l'époque où vous étiez écoliers. Ils faisaient partie d'un réseau de fortifications qui devaient, au XVIIe siècle, protéger N. et son port d'éventuels envahisseurs. Finalement, nous allons leur faire retrouver leur vocation première : nous protéger. Depuis deux ans, autour de ces deux forts se construit ce que nos amis américains appellent une *gated community* et que nous pourrions traduire par « résidence sécurisée ». L'idée est simple. Il faut se retrouver entre nous pour protéger nos familles et nos biens. Pour cela, il faut, comme au Moyen Âge, car nous vivons un nouveau Moyen Âge, nous réfugier à l'abri de remparts sûrs. Et la Résidence des Forts vous offre cette protection. Je ne vais pas faire le coup du dépliant publicitaire ou de l'agent immobilier puisque certains ont été déjà convaincus, dont vous, monsieur Le Vigan, qui avez même investi dans ce projet dès le début et en avez étudié les contours juridiques !

Fier comme un paon, Le Vigan s'est rengorgé et a fait un geste de la main plein de fausse modestie, comme pour dire qu'il n'y était pour rien.

– Mais, a repris le Capitaine, je voudrais convaincre les autres personnes ici présentes. Le projet de la Résidence repose aussi sur la cooptation. Ne pourront acheter et devenir propriétaires à la Résidence que des gens qui auront été acceptés par les résidents déjà présents sur place ou ayant participé d'une manière ou d'une autre à la création de ce sanctuaire. Ces résidents sont réunis en un Conseil des fondateurs, dont fait déjà partie monsieur Le Vigan, et ce Conseil acceptera ou non les demandes d'emménagement. De toute manière, parlons franchement, l'argent aura déjà fait le tri car il faut disposer de forts revenus pour acquérir une propriété dans la Résidence.

Il y a eu des sourires de contentement autour de la table chez tous ces grands bourgeois de N., aux comptes en banque remplis à ras bord, et qui possédaient à eux seuls la moitié des immeubles de la ville, sans compter les usines qui n'avaient pas été délocalisées et fonctionnaient encore du côté de l'Arsenal.

Ils m'écœuraient, beaucoup plus que le dessert, une forêt-noire, qui était servi à ce moment par Sharmila aidée d'un « extra ». C'était un ado venu d'un lycée hôtelier qui faisait son stage chez nous. Je me suis sentie plus proche, bien plus proche de lui que des autres jeunes autour de cette table. Lui, au moins, ne vivait pas dans ce monde arrogant et, qui sait, peut-être avait-il connu Karim, peut-être venait-il de la cité des 800 et avait-il été à l'école avec lui ?

J'ai abandonné ma rêverie, j'ai repoussé la part de gâteau sur le côté car je n'arrivais plus à avaler grand-chose ces derniers temps. J'allais finir aussi squelettique que maman, à ce rythme-là...

– Sachez d'ailleurs que vous ne serez pas les uns sur les autres à la Résidence : l'aménagement se limite à une centaine de maisons pour 42 hectares de terrain, la plupart boisés. Nous sommes pour l'instant trois cents habitants et nous ne dépasserons pas les cinq cents. Nous disposons en outre d'une piscine olympique, de trois courts de tennis et d'une infirmerie pour les premiers secours qui est en fait un véritable petit hôpital de campagne, sous la direction de notre ami le docteur Duvert ici présent.

« Et, puisqu'il s'agit là de mon domaine de compétence, je peux vous assurer que la sécurité, à la Résidence, est totale. La propriété est entièrement entourée par une clôture électrifiée de six mètres de haut. Un système d'alarmes et de vidéosurveillance complète le tout. Il est relié au poste de garde qui commande l'unique entrée de la Résidence. En cas de panne, plusieurs groupes électrogènes peuvent prendre le relais et assurer l'alimentation de la Résidence et de son système de protection pendant plus d'une dizaine de jours.

Une dame, la cinquantaine rousse, le collier de perles soigneusement ajusté sur un foulard de marque, est intervenue, bien que son mari, un petit monsieur à tête de musaraigne, ait tenté de la faire taire :

– Mais, Capitaine, cette clôture, est-ce qu'elle ne va pas nous donner l'impression d'être en prison ou dans un camp ?

Le Capitaine a souri avec indulgence :

– Elle est, je vous rassure, invisible pour les habitants. Le long de cette clôture, un chemin de ronde est patrouillé jour et nuit par les vigiles en véhicule tout-terrain. Ces hommes sont sous mes ordres, et certains l'étaient déjà quand j'étais encore à l'armée. Je les ai recrutés moi-même à la fin de leur contrat. J'ai toute confiance en eux.

« J'ai par dérogation préfectorale, et à l'aide de certaines personnalités influentes autour de cette table, dont vous, monsieur Le Vigan, obtenu qu'ils soient armés. Outre leurs matraques et leurs Flash-Balls, ils disposent d'armes de poing. Pour les spécialistes, je préciserai que ce sont des Glock 9 mm.

« Mes hommes, au nombre de douze divisés en six binômes, sont également experts en arts martiaux. Nous disposons en plus d'une dizaine de chiens de garde, des rottweilers. Nous vivons sur place, dans un bâtiment que j'ai appelé le Quartier, où nous disposons de nos chambres, d'une salle de sport pour l'entraînement, d'un chenil gardé par un maître-chien, d'un pas de tir construit en sous-sol pour ne pas vous déranger. Nous proposons d'ailleurs des séances d'initiation aux techniques de défense, y compris le tir, à tous les habitants, jeunes comme moins jeunes, filles comme garçons...

Le Capitaine a alors fait une pause et a regardé l'assistance qui semblait aux anges. Des ados se voyaient déjà en treillis, à vider des chargeurs sur des cibles, et en trépignaient presque d'impatience.

Un des associés de Le Vigan, Dandry, a levé la main :

– Permettez-moi une question, Capitaine...

– Je vous en prie...

– Des gardes armés, une clôture, des groupes électrogènes et même un petit hôpital ! On dirait que la Résidence des Forts est prévue pour soutenir un véritable siège. Nous n'en sommes pourtant pas encore là, en France. Ce que l'on demande, c'est tout simplement de ne plus risquer les cambriolages ou les agressions. Tout ce dispositif n'est-il pas exagéré ? N'avez-vous pas, vous et mon ami Le Vigan, une vision un peu alarmiste de la situation ?

– Vous posez une vraie question, monsieur Dandry. Hélas, je ne crois pas... C'est l'ancien militaire qui vous parle, celui qui a appris à évaluer les dangers, même les dangers à venir ! Vous savez, il y a vingt-cinq ans, alors que j'étais encore jeune sous-officier, j'ai été Casque bleu en ex-Yougoslavie. J'ai vu comment un pays européen développé a sombré en quelques mois dans une guerre civile atroce. Je crois, nous croyons, Étienne Le Vigan, quelques autres et moi, que cela est possible, pas certain, mais possible en France, chez nous. Et si cela devait advenir dans trois, quatre ou cinq ans, il vaudrait mieux être à l'abri dans un endroit comme la Résidence que dans des villes ou des campagnes livrées au pillage, au meurtre et au viol par des bandes armées qui profiteront de l'effondrement de l'État… Vous croyez que l'État tiendra longtemps si les flots de migrants continuent à affluer ? Si des attentats de masse se répètent comme ces dernières années ? La Résidence permettra de nous défendre, de survivre et d'attendre des temps meilleurs en toute sécurité…

Soudain, le Capitaine a posé son regard sur moi.

Je devais toujours avoir ma moue dégoûtée, autant à cause du gâteau que des propos tenus. J'ai cru un instant que son regard s'adoucissait ou se teintait de mélancolie.

Il s'est repris et m'a demandé :

– Mademoiselle Le Vigan, vous n'aimeriez pas savoir vous défendre ? Vous n'éprouvez pas le besoin de vous protéger ?

– Je ne me sens pas particulièrement menacée, monsieur. Pas au point de m'enfermer loin de tout avec des hommes armés et des caméras. C'est plutôt ça qui me fait peur, davantage que la cité des 800, pour tout vous avouer !

J'ai entendu Le Vigan soupirer de manière excédée.

Le Capitaine a paru un instant vouloir me répondre, mais il a renoncé et s'est de nouveau adressé à tous les convives :

– Bien entendu, la rançon de cette sécurité et de ce confort est un règlement intérieur très strict. Chaque résident dispose d'une carte d'accès dont la puce change tous les mois et qu'il doit présenter au poste de sécurité. Il doit indiquer, assez précisément, ses heures d'entrée et de sortie, et prévenir le Quartier ou le poste de sécurité s'il rencontre un retard imprévu. De surcroît, quand les résidents reçoivent des invités, ils doivent nous communiquer leur identité, leur nombre ainsi que leur heure estimée d'arrivée et de départ.

Mais, excepté ces contraintes et quelques petites autres du même genre, je peux vous affirmer que la vie à la Résidence est des plus heureuses et vous apparaîtra comme un paradis au fur et à mesure que dehors, dans nos villes et sur nos routes, la situation se durcira. Car, comme je le disais à monsieur Dandry, elle va se durcir, chers amis, elle va se durcir... Qui vous dit que les émeutes régulières dans la cité des 800 ou ailleurs ne gagneront pas un jour le centre-ville de N., par exemple ? N'avons-nous pas encore connu récemment une de ces flambées de violence avec la mort de ce jeune élève maghrébin à l'institut Saint-Bénodet, après le viol affreux d'une jeune fille ?

J'ai essayé de ne pas pâlir.

J'ai résisté à l'envie de fuir la table, de me réfugier dans ma chambre, de retrouver le lit où j'avais passé des moments si tendres avec Karim, de pleurer dans mon oreiller en espérant retrouver son odeur, de fermer les yeux très fort pour imaginer que rien n'avait eu lieu, que ses mains étaient sur moi et son souffle dans mon cou.

J'ai bu un grand verre d'eau, j'ai respiré.

Non, je ne leur ferais pas ce plaisir.

15

J'ai emménagé à la Résidence au début du mois de février avec Le Vigan, maman et Olivier qui était revenu d'Angleterre et ne savait pas quoi faire de sa vie.

Février, c'est le mois le plus court mais le plus méchant. Il faisait froid et gris, je me sentais vide, glacée de l'intérieur, et seule la chaleur de Verlaine niché sous mon anorak me consolait.

Verlaine avait été l'occasion d'une scène, encore une, avec Le Vigan. Au milieu des cartons et des déménageurs, rue Royale, il m'avait dit en me voyant avec la boîte de mon chat :

– Vous allez laisser cet animal ici, Marie !

– Non, monsieur, je ne crois pas.

– Le règlement intérieur de la Résidence proscrit les animaux de compagnie.

– Ce n'est pas vrai, monsieur, je l'ai lu, ce règlement, puisque vous l'avez ordonné. Pour bien m'imprégner de sa « philosophie », comme vous dites. Il explique que les résidents ne doivent pas avoir de poules ou de lapins et pas non plus de chiens pour ne pas provoquer d'incidents avec les rottweilers. Il n'est pas explicitement question des chats, des canaris, des tortues, des araignées, des hamsters ou des poux...

– Vous me fatiguez, Marie, parfois...

– Moi, c'est Macha, monsieur. Et je suis aussi très fatiguée. La perspective de quitter l'institution Saint-Bénodet est déjà assez déplaisante comme ça.

– Je croyais que vous détestiez votre lycée...

– Il avait au moins l'avantage de me préparer au bac qui aura lieu dans quelques mois.

– Je vous ai déjà expliqué que la Résidence va faire venir des enseignants sur place pour les heures de cours qui vous manqueront. Vous ne serez que quatre en terminale ! Prenez ça comme une chance ! Et puis il y a l'enseignement en ligne comme complément. Ça ne devrait pas vous déplaire, vous qui passez votre vie sur Internet. Mais gardez ce chat, si vous y tenez ! Prenez ça comme un geste de bonne volonté de ma part.

Je voudrais que notre famille parte sur des bases nouvelles dans cette Résidence, que nous retrouvions un peu d'harmonie.

Notre famille, tu parles...

Le Vigan conduisait le monospace et s'est arrêté au poste de garde. Les vigiles étaient en treillis bleu marine. Un écusson sur leur casquette et leurs manches représentait de manière stylisée un fort Vauban.

Le Capitaine était là. Il a exécuté un salut militaire suivi d'un sourire amical en faisant signe de lever la barrière.

Le Vigan a roulé au pas. La vitesse était limitée à vingt kilomètres à l'heure dans la Résidence. Les scooters et autres véhicules à deux roues, sauf les vélos, étaient proscrits par le règlement intérieur. Même les tondeuses étaient interdites, puisque des jardiniers venus de l'extérieur étaient chargés de l'entretien des espaces verts.

Nous avons passé un premier fort Vauban, celui qui servait de Quartier au Capitaine et aux vigiles, nous avons emprunté un chemin goudronné dans une forêt qui m'a paru hostile et sombre derrière les vitres couvertes de pluie de la voiture.

De temps à autre apparaissaient les maisons. Elles étaient vastes, modernes, blanches, constituées de volumes cubiques, de terrasses et de baies vitrées. Le tout était entouré par de grandes pelouses impeccablement tondues.

Elles étaient belles dans leur genre mais froides et impersonnelles. Le règlement intérieur, toujours lui, interdisait la moindre touche originale dans la décoration extérieure. Pas de statues, de nains de jardin, de cabanes à outils, de potager ni même de balançoires pour les enfants. Certaines essences d'arbres étaient autorisées, d'autres non, car surtout il fallait « veiller à l'unité esthétique et à l'harmonie de l'environnement de villas d'exception », comme le disait le règlement.

Traduction : rien ne devait traîner sur les pelouses, ni jouets, ni barbecues, ni rien…

Même pas les gens.

Nous sommes passés devant le second fort Vauban.

– Celui-là, a dit Le Vigan, vous allez le fréquenter, Marie. Dans les étages supérieurs, il y a des salles de cours équipées du dernier cri en matière d'informatique. Moi aussi, d'ailleurs, j'y passerai du temps puisque le rez-de-chaussée sert de salle de réunion pour le Conseil des fondateurs et son bureau permanent dont je fais partie.

Il y avait dans sa voix une note d'orgueil énorme, comme s'il avait atteint le sommet de son ambition.

Olivier, qui était assis à côté de moi, a éprouvé le besoin de fayoter. C'est vrai qu'à bientôt vingt et un ans, il était revenu à la maison, la queue basse.

– Vous nous faites une belle surprise, père. Je ne savais pas que vous étiez aussi engagé dans ce beau projet.

– Merci, Olivier. Il est vrai que j'ai trouvé amusant de cacher mon jeu pour vous offrir ce cadeau. Vous aimez, Elena ? a-t-il dit en tournant la tête vers maman assise à ses côtés.

Maman a répondu d'une voix monocorde avant de reposer sa tête sur la vitre passager :

– Beaucoup, Étienne, beaucoup…

Notre maison, devant laquelle il s'est arrêté, était semblable aux autres, la différence se trouvant dans l'agencement des volumes cubiques. Sharmila était déjà dans les lieux et nous a ouvert la porte, l'air fatiguée et un peu égarée. Elle était en compagnie d'un vigile. Ils avaient supervisé tous les deux l'emménagement.

Je n'aurais jamais cru regretter l'hôtel particulier de la rue Royale mais, face à ces pièces immenses, ces baies vitrées qui donnaient l'impression d'être vus de partout et par tout le monde, j'ai eu la nostalgie des pierres de taille, des lourds volets de bois vert, des pièces compliquées, du jardin touffu, de l'escalier en colimaçon, de la cuisine de Sharmila, des couloirs aux parquets qui craquaient.

Le Vigan, qui n'avait pas vendu l'hôtel particulier, n'avait pris qu'assez peu de choses de la rue Royale : les portraits de Louis XVI, de Marie-Antoinette, quelques vieilles armoires normandes, un guéridon, des bibelots qui prenaient place sur le linteau de la cheminée. Ce n'était pas une cheminée comme on se l'imagine, mais quelque chose qui ressemblait davantage à un four high-tech avec un pare-feu en verre fumé.

Ce qui dominait, en fait, c'était un mobilier luxueux mais là aussi impersonnel, comme celui des villas hollywoodiennes qu'on voit dans les films. J'aurais parié qu'il était identique dans toutes les autres maisons de la Résidence.

Je me suis retrouvée dans une chambre qui faisait trois fois la surface de la mienne rue Royale, avec une salle de bains en plus. Mon lit était immense et j'ai failli pleurer en pensant à celui que j'avais laissé derrière moi, un lit bateau en acajou luisant, étroit mais où j'avais connu l'amour avec Karim.

Verlaine a bondi depuis mon anorak. Il a grimpé sur le bureau de bois blanc, m'a regardée et a miaulé à fendre l'âme.

Décidément, son état d'esprit était à l'unisson du mien.

Quant à cette impression d'être vue de tous, tout le temps, elle n'était pas seulement une impression. La baie vitrée de ma chambre donnait sur un chemin puis sur les bois, où l'on devinait la silhouette d'une autre villa à deux cents ou trois cents mètres. Mais il y avait surtout, cachée dans un arbre, une caméra de surveillance braquée sur la maison.

Et, en regardant depuis d'autres pièces, on distinguait encore, avec un peu d'attention, de nouvelles caméras. Ce qui signifiait que la vidéosurveillance dont avait parlé le Capitaine s'appliquait non seulement pour l'extérieur de la Résidence mais aussi *pour l'intérieur*.

J'en ai fait la remarque à Le Vigan, tout en lui suggérant la nécessité de mettre des rideaux, et la seule chose qu'il ait trouvé à me répondre, ça a été :

– Pourquoi ? Vous avez quelque chose à vous reprocher, Marie ? Vous avez des stores pour la nuit, même si je vous rappelle que le règlement intérieur stipule que, de jour, ces stores doivent être relevés.

– Et vous trouvez ça normal ?

– Si vous avez lu le règlement, vous savez qu'il y a deux bonnes raisons à cela. Une première esthétique car il s'agit que nos maisons, tout en étant individuelles, donnent l'impression d'une unité harmonieuse qui renvoie à l'idée que nous sommes une communauté, à la Résidence. Cela devrait vous plaire, Marie, avec vos idées gauchistes... Et la seconde concerne notre sécurité. Imaginez que quelqu'un s'introduise dans une maison ?

– Mais comment ? La Résidence est une vraie citadelle ! Toutes les entrées et les sorties sont contrôlées…

– Il n'empêche, Marie. Tous ces jardiniers, ces livreurs de courses, ces réparateurs divers, on ne sait jamais… Sans compter le cas d'un résident seul chez lui qui ferait un malaise… La caméra capterait cette anomalie et les secours arriveraient plus vite, augmentant les chances de le sauver ! Il ne s'agit pas d'espionner pour espionner, Marie. Il ne faut pas être paranoïaque. Cette vidéosurveillance est d'abord un moyen de prévention et de protection pour chaque habitant, y compris vous !

– Et l'intimité, alors ?

Le Vigan a haussé les épaules, comme si je parlais à la manière d'un enfant irresponsable ou que j'avais employé un mot incompréhensible, et il s'est éclipsé dans son bureau.

Il m'a donc fallu vivre dans la Résidence.

La sensation que j'avais eue, naguère, avec les autres élèves de l'institution Bénodet, à savoir qu'ils n'étaient pas *vrais,* qu'ils me faisaient penser aux enfants trop parfaits du *Village des damnés*, s'est renforcée. Renforcée et généralisée aux adultes, aux vigiles, sauf peut-être au Capitaine qui me donnait l'impression d'avoir comme un léger recul sur la situation, comme s'il n'y croyait pas tant que ça ou qu'il était le marionnettiste de tous ces gens-là.

Tout le monde était d'une politesse exquise.

Les voisins se saluaient avec de grands gestes à la fois exagérés et ralentis, comme dans un film, dès que passait une voiture connue. Moi, je ne pouvais m'empêcher de voir que cette même voiture était observée par les multiples caméras de surveillance au milieu des arbres ou sur les réverbères qui la suivaient en pivotant sur leur axe dans un chuintement doux.

Je me retrouvais également en cours avec trois élèves de terminale, dont Ombeline, ma « prof » de tennis que j'avais éborgnée l'été précédent à Saint-Malo. Les autres classes occupaient d'autres salles du fort Vauban avec des effectifs tout aussi réduits. L'architecture était impressionnante, on se serait cru revenu quatre siècles en arrière, mais l'humidité était pénible malgré le chauffage. On avait tous plus ou moins la crève.

Les profs qui venaient nous voir enseignaient pour certains à Saint-Béno et faisaient avec nous des heures sup. Ils avaient l'air mal à l'aise aussi, dans une telle ambiance, même s'ils s'efforçaient de ne pas le montrer.

On sentait qu'ils avaient hâte de partir, surtout le prof de philo qui nous faisait étudier la question de la liberté et voyait bien que ce qu'il nous exposait dans son cours entrait en contradiction évidente avec le décor dans lequel il enseignait.

Pour le reste, je passais des heures à la piscine olympique de la Résidence. Elle était très peu fréquentée et ça m'allait très bien. J'avais tant de choses à oublier dans cette prison dorée. J'essayais, en multipliant jusqu'à l'épuisement les longueurs de bassin, de me vider la tête du souvenir de Karim ou de chasser l'image de maman qui allait de moins en moins bien depuis que nous étions arrivés ici.

Je passais malgré tout de longs moments avec elle, travaillant mon histoire et ma philo dans sa chambre, allongée à son côté. J'aurais aimé lui parler de mon chagrin qui ne passait pas, de Karim, d'elle, de son passé, de la possibilité de nous enfuir toutes les deux, n'importe où et pourquoi pas à Amorgos, l'île où elle avait passé des étés si lumineux.

J'aurais voulu savoir si elle avait la même impression d'étouffement que moi dans cette Résidence. Mais elle dormait la plupart du temps, souriait quand elle me voyait, me demandait de l'eau, prenait des médicaments sur sa table de nuit avant de sombrer de nouveau.

J'aurais voulu lui parler, aussi, du jeu étrange que j'avais commencé à jouer avec les caméras de surveillance.

Quand le soir venait, je prenais un malin plaisir à me déshabiller lentement, à la façon d'une strip-teaseuse, dans ma chambre éclairée, face à la caméra de surveillance de l'autre côté du chemin.

C'était une façon de provoquer ou peut-être, je peux bien me l'avouer maintenant que j'ai cent sept ans, de satisfaire des pulsions exhibitionnistes. Mais je n'allais pas jusqu'au bout. Quand je n'étais plus qu'en petite culotte et que je m'apprêtais à défaire mon soutien-gorge, hop, je faisais descendre les stores vénitiens, laissant juste deviner ma silhouette.

Il n'empêche que j'ai eu assez vite confirmation que cela faisait son petit effet. Et que ceux qui regardaient les images sur le mur d'écrans du poste de surveillance se rinçaient l'œil.

Un matin de mars, alors que je faisais mon jogging dans les bois, je suis arrivée jusqu'à la clôture électrifiée. J'étais essoufflée. Un 4 × 4 en patrouille est passé à ce moment-là, avec à bord deux vigiles et un rottweiler.

Il roulait lentement à cause de la boue provoquée par les pluies incessantes depuis notre emménagement. Il a freiné en me voyant. Le règlement intérieur, je m'en suis souvenue alors, demandait aux coureurs ou aux promeneurs d'éviter ce secteur.

Un des deux vigiles est descendu.

– Mademoiselle, il vaudrait mieux ne pas faire votre jogging dans ce coin-là.

Je n'ai pas répondu tout de suite, à la recherche de mon souffle.

Le vigile qui s'était adressé à moi était très jeune, à peine plus âgé que moi. Paradoxalement, sa matraque, son talkie-walkie, son Flash-Ball, son lourd pistolet à la ceinture et sa casquette siglée du fort Vauban stylisé, tout cela lui donnait un air encore plus enfantin, comme s'il portait une panoplie offerte pour son anniversaire.

Quand il s'est mis à rougir et à bafouiller tout en me fuyant du regard, j'ai compris qu'il avait reconnu en moi la petite strip-teaseuse :

– C'est parce que c'est dangereux... À cause de l'électricité... Surtout avec cette pluie...

J'ai écarté mes cheveux mouillés et je lui ai fait mon sourire le plus innocent :

– Je ferai attention la prochaine fois, désolée... Je vais rebrousser chemin, promis ! Je reprends juste mon souffle...

– Bien, mademoiselle... Je... je compte sur vous.

J'ai entendu un rire venant du 4 × 4. Le chauffeur devait être moins délicat dans son genre.

Oui, j'aurais voulu parler de tout cela à maman, mais ce n'était plus possible, elle s'enfonçait doucement, et même Le Vigan semblait inquiet. Il parlait à voix basse avec le docteur Duvert qui partageait désormais son temps entre son cabinet à N. et le petit hôpital de la Résidence.

J'aurais voulu, aussi, parler à maman du Capitaine.

S'il y en avait bien un qui jouait à un jeu étrange avec moi, c'était lui.

Il était presque toujours là, par exemple, quand j'allais à la piscine. Lui aussi avait certainement vu mon petit manège d'allumeuse sur les écrans de surveillance. Déjà, lors du déjeuner organisé par Le Vigan où je l'avais vu pour la première fois, il m'avait regardée de façon bizarre. Je me suis d'abord demandé si je n'avais pas affaire à un pervers, à un de ces types qui préfèrent les filles trop jeunes pour eux.

Mais je ne le sentais pas comme ça non plus, sans que je sache au juste pourquoi. Il y avait quelque chose d'autre dans son regard posé sur moi, au bord de la piscine, qui n'était pas du désir, ou pas ce désir-là. Plutôt une forme d'intérêt mêlé d'amusement, mais sans méchanceté, alors que, pour le reste, sa réputation était celle d'un homme dur et froid. On entendait parfois ses ordres résonner sèchement du côté du premier fort Vauban, quand il surveillait l'entraînement des vigiles qui faisaient des pompes dans la boue, sous la pluie.

J'ai pris l'habitude, donc, de nager alors qu'il me contemplait. Je me suis même surprise à aimer ça ou en tout cas à éprouver une forme de manque s'il n'était pas là.

Parfois, quand je ressortais de l'eau, nous parlions. Il était lui aussi en treillis bleu, comme ses hommes, et cela lui allait mieux, le rendait moins effrayant que le costume civil dans lequel je l'avais vu rue Royale.

Nous avions avec le Capitaine des conversations étranges, pleines de sous-entendus, mais sans agressivité.

– Vous êtes une bonne nageuse, Marie.

– Je préfère Macha. Comme prénom, je veux dire.

– Ce n'est pas comme cela que votre père vous appelle, en tout cas.

Je me séchais dans ma serviette avec une lenteur exagérée :

– Ce n'est pas mon père, Capitaine.

– Aux yeux de la loi, si.

– Vous me surveillez, Capitaine ?

Il souriait. Cela transformait son visage dur. Un autre homme apparaissait. Je n'arrivais pas à décider s'il était sympathique ou s'il restait un ex-militaire glacé.

Ne l'avais-je pas entendu dire, alors qu'il était passé voir Le Vigan : « Notre boulot, ici, c'est de préparer l'apocalypse qui vient. Il faut que les résidents, tous les résidents, s'habituent à cette perspective. »

– Ce n'est pas très difficile, Marie-Macha, de vous surveiller. Vous êtes plus transparente que vous ne le croyez.

C'est souvent le cas à votre âge. Je peux vous appeler Marie-Macha ? C'est un bon compromis, non ?

Je haussais les épaules. Si ça l'amusait…

Je lui posais souvent la même question, parce que je savais qu'elle le déstabilisait plus qu'il ne l'aurait voulu :

– Vous avez des enfants, Capitaine ?

Un voile passait sur son regard. Lui aussi, dans son genre, était transparent.

En général, c'était un appel sur son téléphone portable ou son talkie-walkie qui interrompait nos escarmouches verbales.

Au début du mois d'avril, maman est partie en clinique, à nouveau.

Je revenais juste des cours quand j'ai vu l'ambulance quitter la villa. Je n'avais pas pu lui dire au revoir. J'ai eu un sale pressentiment.

Quand Olivier qui glandait comme à son habitude dans le salon devant son ordinateur portable, soi-disant pour réfléchir à une formation, m'a dit d'un air rigolard : « Bah, ta mother, c'est pas la grande forme, on dirait… », je lui ai balancé une gifle magistrale.

Il a changé de couleur, a eu une lueur mauvaise dans le regard et m'a craché au visage :

– Quand elle ne sera plus là, vu que tu vas pas tarder à avoir dix-huit ans, j'espère bien que père te foutra dehors !

– T'inquiète, espèce de porc, je partirai de moi-même. Mais fais gaffe, comme je n'aurai rien à perdre, que je ne profite pas de ton sommeil cette nuit-là pour te couper ce que je pense et les donner à bouffer aux rottweilers du Capitaine. Et ma mère n'est pas encore morte, abruti !

Je n'avais raison que sur un point.

Sur le second, c'était Olivier qui avait vu juste.

Quinze jours plus tard, je me suis retrouvée face à Le Vigan dans ce même salon. Il m'avait demandé de descendre de ma chambre et il m'a dit :

– Ma petite Marie, il va vous falloir du courage...

J'ai tout de suite compris :

– Votre mère est...

– Taisez-vous... Taisez-vous !

Je me suis aperçue que je hurlais à pleins poumons.

– Marie, je vous en prie...

– Taisez-vous, taisez-vous, taisez-vous !

Je suis remontée dans ma chambre, et la seule chose que j'ai répétée pendant des heures et des heures entre deux sanglots, jusqu'au petit matin, c'était : « Taisez-vous, taisez-vous, taisez-vous ! »

16

Je pourrais dater de la mort de maman ma rupture définitive avec le monde de la Fin.

La mort de Karim avait été le premier acte. Maman était ce qui me retenait encore un peu. Elle n'était plus là, elle non plus, désormais. Il était donc temps de faire mes adieux et je me répétais intérieurement : « Macha s'en va, Macha s'en va… » Comme pour me convaincre que j'étais déjà en train de le faire.

Je ne savais pas vraiment où aller ni comment partir, mais il m'a paru évident que je ne pouvais plus rester à la Résidence.

Est-ce à ce moment-là que j'ai pensé aux ZAD dont nous avions déjà parlé avec Karim et à cette Émilie Ambricourt qui se trouvait sans doute dans l'une d'entre elles ?

L'enterrement de maman a été une véritable épreuve. Il y a eu un monde fou dans la cathédrale de N. Pas pour maman, évidemment, mais pour « ce pauvre Étienne Le Vigan ». Tous les notables de la ville ainsi que la totalité des résidents étaient là, pour la grand-messe des funérailles.

François-Xavier était revenu exprès de Boston. Il a été le seul, au cours des interminables condoléances au cimetière du Sud, qui m'ait serrée dans ses bras avec un peu d'affection. Le seul avec le Capitaine, ce qui a eu l'air de surprendre quelques personnes présentes, dont Anne-Émeline, son mari et sa marmaille qui étaient venus également et avaient fui mon regard depuis leur arrivée.

Quand la foule s'est dirigée vers la sortie du cimetière et que je pleurais seule sous un parapluie, presque grelottante alors que bientôt, pourtant, ce serait le mois de mai, le Capitaine est remonté à mon niveau. Il avait relevé le col d'un imperméable couleur mastic, et la pluie coulait sur son crâne rasé comme sur un galet tout lisse.

Il a posé sa main sur mon épaule. J'ai senti sa force et sa chaleur. Je crois que ça m'a fait du bien parce que c'était de ça que j'avais besoin en ce moment précis : de force et de chaleur. Même venant de cet homme qui incarnait tout ce que je détestais dans la Résidence.

– Je suis désolé, Marie-Macha, sincèrement désolé.

– Vous n'y êtes pour rien.

– Marie-Macha ?

– Oui ?

– Je vous en prie, ne faites pas n'importe quoi ! La Résidence, vous n'y êtes pas heureuse mais au moins vous y êtes en sécurité. Et dehors, ça va devenir dur, très dur. Ça l'est déjà. Croyez-moi, Marie-Macha…

J'ai presque sursauté. On aurait dit qu'il lisait en moi. Étais-je donc si transparente que ça pour lui ? Il n'empêche. Quand je me suis retrouvée seule dans ma chambre, ma décision était prise.

J'allais partir.

Le problème était comment quitter la Résidence.

Comment m'en évader, plutôt, car il s'agissait bien d'une évasion que je projetais. Je me suis aperçue alors que, depuis l'emménagement, je n'avais pas revu l'extérieur jusqu'à ce jour, pour l'enterrement.

J'ai réfléchi, dès le premier soir, à différents scénarios pour me faire la belle.

Je pouvais demander à Le Vigan de m'emmener en ville, à N., et lui fausser compagnie, mais il pouvait très bien refuser. Sans compter que, s'il me voyait avec un sac à dos rempli d'affaires, il pourrait avoir des soupçons.

La semaine suivante, je suis allée comme d'habitude à la piscine. Je changeais mes horaires, mais soit le Capitaine avait un instinct très sûr, soit le maillage de la vidéosurveillance lui facilitait les choses, il arrivait au bout de ma troisième ou quatrième longueur.

Et c'était sous ses yeux, toujours aussi indéchiffrables, que j'échafaudais mes plans d'évasion. Je continuais à imaginer les scénarios les plus rocambolesques mais j'étais obligée de les éliminer les uns après les autres.

Creuser un tunnel sous la clôture en profitant de la nuit, par exemple. C'était compter sans les caméras équipées en vision nocturne et, de toute manière, cela demanderait du matériel que je n'avais pas. Et même si je me le procurais, je risquais d'endommager le circuit électrique, de déclencher les alarmes et de voir rappliquer à toute vitesse les 4 × 4 des vigiles.

Je pouvais aussi tenter de me faufiler dans une camionnette de livraison ou, mieux, choisir celle du traiteur végétarien venu de N. qui s'arrêtait tous les mardis à la même heure, en début d'après-midi, chez les Cambremer qui s'étaient mis à détester la viande d'un seul coup.

L'horaire fixe me faciliterait les choses. Mais, à cette heure-là, j'étais en cours et, même si j'arrivais à trouver une excuse pour sortir, il y avait toujours le problème de la vidéosurveillance.

J'ai aussi pensé à simuler un malaise grave qui nécessiterait qu'on appelle les urgences et à m'enfuir en arrivant à N., dans le labyrinthe du CHR. Dans ce cas, il faudrait arriver à tromper le docteur Duvert d'une part, et d'autre part je me retrouverais confrontée au premier problème : je n'aurais pas la moindre affaire avec moi.

Finalement, j'ai opté pour la simplicité qui est souvent la meilleure des solutions.

Je me suis évadée de la Résidence le 2 mai, au petit matin.

La veille au soir, pour ne pas dérouter les vigiles et le Capitaine, je m'étais livrée comme d'habitude à mon petit strip-tease en pensant : « Matez bien, les gars, parce que c'est la dernière fois. »

Un instant, j'ai pensé aller jusqu'au bout, c'est-à-dire à retirer la petite culotte et le soutien-gorge.

Pour les récompenser de leur patience, en quelque sorte.

Cela faisait des semaines que je les frustrais. Mais ils auraient vu là quelque chose d'inhabituel et cela leur aurait sans doute mis la puce à l'oreille, enfin surtout à celle du Capitaine qui était dangereusement intuitif.

J'ai donc, cette fois-ci également, fermé les stores vénitiens avant le moment fatidique. Sous l'œil de Verlaine, j'ai rempli mon sac à dos avec ce qui me paraissait le plus utile pour une fugue. Enfin, techniquement, ce ne serait une fugue que pendant quinze jours environ : le 16 mai, j'aurais mes dix-huit ans.

J'ai pris des sous-vêtements, des chaussettes, des tee-shirts, un blouson léger, une paire de Converse et deux pantalons de toile légère si le temps se mettait au beau car, pour l'instant, il pleuvait toujours. Dans ma trousse de toilette, deux brosses à dents – j'en avais toujours une d'avance –, du dentifrice, un gel douche-shampoing-soin du visage, un coupe-ongles, des tampons.

Le maquillage, ce serait pour une autre vie.

J'ai enfilé un pantalon de treillis noir aux poches multiples, un peu comme celui des vigiles, et un tee-shirt beige sans manches. Aux pieds, une autre paire de baskets.

Je suis passée dans la chambre de maman.

La pièce n'avait pas vraiment eu le temps de s'imprégner d'elle, du coup cela a été moins dur que je ne l'aurais cru. Je n'ai pas allumé pour ne pas attirer l'attention des caméras de surveillance, mais je connaissais assez les lieux pour me déplacer sans problème.

Dans sa salle de bains, qui n'avait pas de fenêtre, j'ai pu allumer. Elle ressemblait davantage à une pharmacie… J'ai laissé de côté les antidépresseurs et les anxiolytiques, et j'ai pris des pansements, du mercurochrome et du paracétamol. J'ai aussi repéré une pommade contre les contractures qui datait de l'époque où maman faisait encore ses mouvements de gymnastique dans sa chambre. Sa date de validité n'était pas périmée.

J'ai éteint, je suis retournée dans la pièce obscure et j'ai trouvé sans peine le coffret aux reliques. Je l'ai pris avec moi. Lui, il sentait maman, maman d'avant la dépression, c'est-à-dire *L'Air du Temps* de Nina Ricci, et ma gorge s'est serrée.

Revenue dans ma chambre, j'ai ouvert le coffret, retiré les photos et les menus objets qu'il contenait en essayant de ne pas m'y attarder car je savais que cela m'aurait plongée dans des abîmes de nostalgie.

Non, j'essayais d'être froide, efficace, précise.

J'ai fait glisser le panneau du double fond. L'argent était toujours là. J'ai compté. Il y avait un peu plus de 5 000 euros, en coupures de 100, 50, 20 et même 10. J'ai étalé les billets sur le lit. J'ai fait dix paquets de 500 euros en mélangeant grosses et petites coupures.

Je les ai répartis dans les poches de mon treillis, de mon sac à dos, de mon anorak, histoire de ne pas me faire repérer avec une telle somme sur moi quand je devrais payer quelque chose.

Verlaine a miaulé. Il y avait déjà sept ans que c'était mon compagnon, si je comptais bien. Sept ans que je l'avais trouvé tout éclopé et borgne dans le jardin de la rue Royale.

Je ne pouvais pas le laisser là. En plus, c'était un petit gabarit pour un chat, comme s'il avait compris qu'il valait mieux ne pas grandir et se faire discret chez les Le Vigan, entre Olivier le Psycho et Étienne le Facho, pour espérer survivre.

– Je vais te prendre avec moi, t'inquiète, mais laisse-moi terminer.

J'ai rajouté dans mon sac mon téléphone portable et mon MacBook ainsi que leurs chargeurs respectifs, le coffre aux reliques et puis *Le Roman inachevé* d'Aragon dans l'édition de Karim, celle qu'il lisait ce jour de seconde où il s'était fait provoquer par Olivier et ses copains.

J'ai ouvert au hasard, j'ai lu :

Cœur léger cœur changeant cœur lourd
Le temps de rêver est bien court
Que faut-il faire de mes jours
Que faut-il faire de mes nuits
Je n'avais amour ni demeure[1].

J'y ai vu un signe. Ni amour ni demeure…

1. Louis Aragon, « Bierstube Magie allemande… » in *Le Roman inachevé*, © Éditions Gallimard.

Une fois mis mon anorak, je l'ai laissé entrouvert et je n'ai pas eu besoin de parler. Verlaine avait compris, il a sauté et s'est lové contre moi en ronronnant. J'ai remonté la fermeture. Il s'est fait encore plus petit et j'ai eu l'impression d'avoir un deuxième cœur.

J'ai attendu le petit matin.

Il était gris et pluvieux, pour ne pas changer, comme depuis des semaines.

J'ai parcouru à pas de loup, pour la dernière fois, les couloirs démesurés de la villa. Le Vigan n'était pas là, comme souvent, et Momo ronflait.

Dans son immense cuisine high-tech, Sharmila était déjà au boulot. Quand elle m'a vue, elle a compris. Les larmes lui sont montées aux yeux. Elle m'a dit avec l'accent dont elle ne s'était jamais tout à fait départie :

– Je m'en doutais, Macha. Je ne savais pas quand, mais je m'en doutais.

Nous nous sommes serrées l'une contre l'autre, longtemps.

– Si je pouvais, je partirais avec toi, Macha.

– Je sais, Sharmila, je sais. J'essaierai de te faire signe. J'ai ton numéro de portable.

Elle a fait semblant d'y croire. Moi aussi.

– Prends au moins quelque chose à manger.

J'ai juste bu une tasse de thé brûlant et très sucré qui a un peu chassé le froid que j'avais à l'intérieur et qui était plus fort que celui de ce petit matin pourri de printemps.

Dans le garage, outre le cabriolet d'Olivier et la deuxième voiture de Le Vigan, il y avait plusieurs vélos. J'ai pris le VTT d'Olivier dont il ne se servait jamais, j'ai réglé la selle et j'ai commandé l'ouverture du garage.

La lourde porte s'est levée sur un ciel maussade qui hésitait entre le jour et la nuit.

Tout allait dépendre de la rapidité de réaction des vigiles. Je misais sur leur fatigue du petit matin, sur une attention plus distraite en regardant le mur d'écrans.

Six heures vingt-cinq.

J'ai commencé à pédaler avec la sale impression que les caméras de surveillance me suivaient à la trace et que des dizaines de paires d'yeux sur les écrans du terminal et depuis les autres villas me regardaient et savaient très bien ce que je faisais.

Six heures trente.

Je suis passée devant le premier fort Vauban. J'ai coupé à travers les bois pour contourner sans être vue le deuxième fort où se trouvait le quartier des vigiles, puis je me suis retrouvée à une trentaine de mètres du poste de garde de l'unique entrée.

Il se trouvait légèrement en contrebas.

Six heures trente-sept.

J'avais de la chance. La grande barrière, celle qui faisait corps avec la clôture et était fermée la nuit, rendant l'accès infranchissable, était déjà ouverte car des résidents avaient déjà dû sortir pour se rendre à leur travail à N.

Il ne restait que la barrière mobile rouge et blanche qui ressemblait à celles que l'on voit à la sortie des parkings souterrains ou aux péages d'autoroute.

J'ai marqué une pause pour trouver la façon la plus rapide de passer.

J'avais largement la place de me faufiler sur le côté droit en grimpant sur le trottoir. J'ai foncé, fait un dérapage contrôlé et ma roue avant a franchi la bordure.

Six heures quarante et une.

Un vigile est sorti du poste. Il portait un écritoire en bois avec une pince sur laquelle il vérifiait les heures de sortie et rien ne lui disait qu'un ou une cycliste avait l'habitude de sortir à cette heure-là.

Il a fait un signe de la main, je l'ai ignoré et je l'ai contourné, frôlant son ceinturon chargé de la matraque, du pistolet et du talkie-walkie. J'ai même senti sa transpiration mêlée d'eau de Cologne.

– Hé, dites donc !

Ça y est, j'étais sur la route.

J'ai pédalé à toute vitesse en chantant à tue-tête sous la pluie battante : « Macha s'en va, Macha s'en va ! »

D'après Google Maps que j'avais regardé sur mon Mac les jours précédents, la départementale qui passait devant la Résidence sillonnait la forêt sur sept kilomètres avant de rejoindre l'autoroute qui menait à N.

Il était hors de question, bien entendu, que je prenne cette autoroute avec un vélo. Mon idée était de couper à travers bois, par un sentier de grande randonnée qui amenait à Goulaine, une petite ville au bord de l'Estuaire.

Là, je trouverais une gare où je pourrais prendre un TER mais, plutôt que de me rendre directement à N., je descendrais avant et je finirais ensuite à vélo à travers le dédale de la banlieue. Parce que, si le Capitaine réagissait vite, il allait m'attendre ou envoyer les flics me récupérer au terminus, à la gare de N.

Mon plan se précisait au fur et à mesure de ma descente, tandis que je négociais les virages sur l'asphalte luisant, alors que la pluie redoublait.

Ce que je voulais, c'était rejoindre la cité des 800. Mon idée, c'était de savoir d'une manière ou d'une autre où se trouvait Émilie Ambricourt, l'éduc spé de Karim. Je ne la connaissais pas mais ce que m'en avait dit Karim me donnait la certitude qu'elle était la seule personne sur laquelle je pourrais compter si je voulais commencer une nouvelle vie, ailleurs.

Ailleurs et autrement.

La route départementale était de plus en plus glissante et la descente de plus en plus sinistre, entre les deux murailles végétales vert sombre de la forêt.

Le jour refusait de se lever tout à fait. Verlaine, lové contre moi, me réchauffait, mais ça ne suffisait pas à m'empêcher de grelotter, ce qui n'est pas pratique, reconnaissez-le, quand vous dévalez une route en pente sous une pluie incessante.

C'est alors qu'une voix sortie d'outre-tombe a jailli derrière moi, à la fois métallique et ouatée par la pluie :

– Marie-Macha, ne fais pas l'idiote !

J'ai sursauté et j'ai failli perdre l'équilibre.

Je me suis retournée : derrière moi, un 4 × 4 bleu marine me suivait, avec les deux forts Vauban stylisés dans un écusson sur le capot.

La voix, qui était celle du Capitaine évidemment, car lui seul m'appelait comme ça, sortait déformée d'un haut-parleur fixé sur le toit.

Il avait été encore plus rapide que je ne le pensais.

J'ai accéléré mais j'ai senti que le 4 × 4 faisait de même. J'avais l'impression que le souffle du moteur, semblable à celui d'un fauve, était juste derrière moi. Le Capitaine faisait rugir sa bête, pour me montrer qu'un simple coup d'accélérateur aurait suffi à me faucher ou à me rattraper.

J'en aurais pleuré de rage, de frustration, de peur.

Ça ne pouvait pas s'arrêter aussi vite…

– Marie-Macha, freine doucement ! a repris la voix du Capitaine dans le haut-parleur. Tu vas finir par te casser la figure !

J'ai encore accéléré. Il y a eu un déplacement d'air quand le 4 × 4 m'a doublée et je l'ai vu qui restait à ma hauteur. Les vitres étaient fumées et je n'ai pu croiser aucun regard, sans compter que j'étais aveuglée par l'averse glacée qui se transformait en déluge, pour couronner le tout.

– Foutez-moi la paix !

Ils ne devaient même pas m'entendre.

Une voiture est arrivée en face. Le 4 × 4 a ralenti, est repassé derrière moi. La voiture nous a croisés en envoyant des gerbes d'eau.

Le haut-parleur a tonné de nouveau :

– Marie-Macha, ça suffit. On va finir par avoir un accident !

Le 4 × 4 m'a dépassée pour de bon et, dans un dérapage contrôlé, a barré la départementale à une trentaine de mètres devant moi.

Le Capitaine est sorti du côté passager.

Ce qui m'a frappée, c'est qu'il avait des lunettes noires, par ce temps-là. J'ai trouvé ça absurde.

Du coup, j'ai moins fait attention à la pluie battante et je me suis cassé la figure en beauté.

Le VTT s'est couché sur le côté, dans un ralenti interminable qui a projeté devant moi une vraie muraille d'eau. Je n'ai pas eu le temps d'avoir peur : il y a eu à la fois les griffes de Verlaine qui s'accrochaient à ma peau en transperçant le tee-shirt, la douleur me vrillant le coude et ma cheville qui a heurté l'asphalte, sans compter la paume de ma main droite s'éraflant sur la route.

– Ah, l'idiote !

Le Capitaine s'est tourné vers l'habitacle du 4 × 4 et a dit au vigile qui devait conduire :

– Gare-toi sur le côté, je la ramène…

C'est ce qu'il croyait.

Me ramener, et puis quoi encore !

J'ai gémi, je me suis relevée.

Le sang sur ma paume se mêlait à la pluie, ma cheville me faisait mal, mais ça allait.

Le Capitaine a avancé vers moi :

– Marie-Macha, ne bouge pas ! Tu t'es peut-être cassé quelque chose !

– Mais foutez-moi la paix, à la fin !

Et, de mon pied valide, j'ai poussé le VTT couché sur la route de toutes mes forces vers lui.

Ça a dû le surprendre.

Il a trébuché et moi j'ai filé vers la forêt.

Verlaine a miaulé, j'ai deviné que des choses s'étaient brisées dans mon sac à dos, j'ai sauté par-dessus un fossé, j'ai crié en me recevant dans le matelas de feuilles pourries.

Ma cheville a tenu et je me suis enfoncée sous les grands arbres dégoulinants.

– Marie-Macha, nom de Dieu...

J'ai foncé malgré les branches qui fouettaient mon visage, sans me retourner. Je saignais de partout. La main, le cou, les seins griffés par Verlaine et maintenant une joue qui venait d'être cinglée par je ne savais quelle plante épineuse.

– Marie-Macha...

La voix du Capitaine se faisait plus étouffée, lointaine. Il a encore appelé deux ou trois fois puis il n'y a plus eu que le bruit de la pluie sur les branches.

Il avait dû renoncer.

Mais j'ai encore couru longtemps, sans la moindre idée de l'endroit où je pouvais me trouver. Je me suis aperçue à quel point, concentrée seulement sur le moyen de quitter la Résidence, j'avais complètement improvisé pour le reste.

J'ai éprouvé soudain une lassitude immense.

Je me suis assise sur un tapis de feuilles, le dos contre le tronc d'un chêne. Il faisait sombre comme dans une cathédrale mal éclairée, ce qui m'a rappelé l'enterrement de maman, et je me suis mise à pleurer.

Tout se mélangeait dans ma tête : la mort de maman, celle de Karim, la dinguerie des Le Vigan, la Résidence, le Capitaine qui ne voulait pas me lâcher.

C'était trop, même pour une fille qui allait avoir dix-huit ans dans quinze jours.

Je pleurais avec des sanglots d'enfant, je pleurais parce que j'étais seule, que j'avais mal partout, que je n'avais même pas pensé à prendre à boire ou à manger dans le frigo, que Verlaine sortait par l'échancrure de l'anorak une tête désolée…

– Tu m'as fait mal, espèce d'idiot…

« Macha s'en va, Macha s'en va… » Tu parles d'une réussite. Elle est à peine à quatre ou cinq kilomètres de la Résidence, elle est paumée et cabossée à peine son expédition commencée et, à cette heure, le Capitaine devait appeler Le Vigan, ou la police, ou les deux.

Je ne me donnais pas plus de quelques heures de liberté.

Mais je me trompais, évidemment.

Le pire n'est jamais certain.

17

Ce matin, j'ai décidé de faire une pause.

Je suis descendue de mon arbre et j'ai marché à travers la pinède, jusqu'à l'immense plage de Merlicourt.

J'ai grimpé avec un peu de mal sur une dune et j'ai regardé la mer. Les chalutiers revenaient de la pêche, les chars à voile filaient vers l'île de Berck. Les deltaplanes faisaient un bruit soyeux sur l'azur.

Il faudrait que je demande à Hilo, Révo et Nausicaa de m'y emmener, à l'île de Berck. En buggy ou en char à voile. J'aime bien le char à voile. J'aurai attendu cent sept ans pour le découvrir. Il n'est jamais trop tard.

À l'époque où je suis arrivée pour la première fois à Merlicourt, la montée des eaux n'avait pas encore modifié à ce point la physionomie de la côte d'Opale. Ce n'était pas non plus ce décor idyllique, ce petit port avec ses canaux, cette pinède pleine de maisons aériennes et, sur les dunes, ces tentes ou ces yourtes devant lesquelles s'ébattent les enfants de la Douceur.

Les enfants du Rêve…

Non, c'était la nuit, la pluie, la boue et les charges de CRS ou de gendarmes mobiles qui nous matraquaient à tout-va. Le Bloc Patriotique était au pouvoir et des consignes de fermeté avaient été données à la police aussi bien pour mater les émeutes dans les banlieues que pour dégager toutes les ZAD qui se multipliaient comme des petits pains. J'avais cru arriver dans un refuge après mon errance et j'étais tombée en plein combat.

Mais j'anticipe.

J'ai reconnu le char de Hilo avec sa voile à l'effigie d'Amy Winehouse.

Je lui ai fait un signe de la main, sans trop d'espoir qu'il me voie, et pourtant il a obliqué vers moi, a arrêté son char au pied des dunes.

Il en est descendu avec Révo. Ça marchait bien entre ces deux-là.

Ils sont montés vers moi, sans effort, tout en retirant leurs casques :

– Alors, comment vont mes Cueilleurs d'histoires préférés ?

– Très bien, Macha. Et vous ? a demandé Révo en m'embrassant.

J'ai remarqué qu'elle rougissait moins.

L'amour partagé rend les filles moins timides. Au moins son voyage entre ma ZAD et Merlicourt aurait servi à ça. Avec Hilo, comme dans les contes de fées, elle vivrait heureuse et aurait beaucoup d'enfants. Il faut croire que la Douceur est un conte de fées qui a pris corps, une utopie qui s'est réalisée, un rêve dont je doute parfois de la réalité.

– À quoi pensez-vous, Macha ?

C'était Hilo.

J'ai encore admiré son teint cuivré, ses yeux en harmonie avec la mer toute proche, ses traits discrètement asiatiques.

– À mon lointain passé, et c'est de votre faute à tous, en fait !

On a entendu, portés par le vent, les cris joyeux de quelques baigneurs, un air de sitar qui m'a rappelé, par quelques notes, ces slows italiens des années 60 du XXe siècle que maman aimait écouter en me disant que c'était sucré, un peu niais, mais que ça avait le mérite de parler du bonheur, de la plage, des étés où l'on ne pense à rien, sauf à être légers, en accord avec le monde.

Maman aurait aimé la Douceur, j'en suis certaine. Elle en avait eu un aperçu lors de ses étés insouciants à Amorgos, l'île où les chèvres se promènent en liberté jusque dans les rues des villages. Et j'ai eu une pensée, aussi, pour mes descendants qui vivaient là-bas.

Ouroboros, toujours.

La boucle était bouclée, le temps était ce cercle parfait comme celui du soleil, ce matin, dans le ciel bleu de Merlicourt.

Nous avons marché jusqu'à la yourte de Hilo qui était toute proche. Il m'a invitée à m'asseoir dans un transat en pin qu'il avait fabriqué lui-même.

Nous avons bu du thé glacé. Hilo et Révo étaient assis dans le sable en face de moi. Le vent a sifflé dans les oyats, derrière la yourte, et Hilo a posé presque naturellement la question :

– Pourquoi votre nom complet dans la Douceur, c'est Macha-des-Oyats ?

– C'est en rapport avec Merlicourt ? a renchéri Révo qui écartait les mèches blondes rabattues sur son visage.

– Oui, mais si je vous le raconte maintenant, vous n'apprendrez rien de neuf dans les soirées à venir à la Maison Commune...

– C'est vrai, a dit Révo, et puis, si vous êtes sortie ce matin plutôt que de rester écrire, c'est sans doute que vous aviez envie de vous reposer. Vous ne nous lirez rien ce soir ?

– Je ne pense pas. Tu sais, c'est assez dur, en fait. Je pensais que la difficulté serait ma mémoire de vieille femme, eh bien pas du tout. Tout revient, avec une précision incroyable, et c'est un vrai soulagement quand j'arrête de me souvenir, que je reviens dans ce présent de la Douceur.

– Nous sommes très conscients de l'effort que ça représente, Macha. Tous les Cueilleurs d'histoires sont surpris par le cauchemar qu'a pu représenter le monde de la Fin, pour tout le monde en général et pour vous en particulier. Dans les quelques autres histoires que nous avons déjà recueillies, cela apparaît aussi, mais de manière plus fragmentaire…

– Tu ne crois pas si bien dire, Hilo, en parlant de cauchemar. J'ai eu une espèce de cauchemar éveillé, justement, hier. Il a fallu que je fasse venir votre homme-médecine pour qu'il me masse et que je boive les tisanes qu'Agnès-des-Calanques avait glissées dans mon bagage pour chasser cette horrible impression.

– Il s'agissait de quoi, Macha, au juste ?

– C'est assez difficile à expliquer. À force d'écrire sur le monde de la Fin et de le comparer avec la Douceur, j'ai cru un instant, mais un instant qui m'a semblé une éternité, que la Douceur n'existait pas ! Oui, que la Douceur n'était qu'une hallucination de vieille femme psychotique, moi en l'occurrence, et que j'avais tout imaginé. Que la seule réalité était celle du monde de la Fin dans lequel j'étais toujours enfermée. Que toi, Révo, toi, Hilo, et tous les autres n'étiez que des inventions au cœur de mon rêve, un rêve que je faisais pour oublier...

– Oh Macha, ça a dû être une affreuse expérience, a dit Révo, les larmes aux yeux, avant de se lever pour me serrer contre elle et m'embrasser.

– Reposez-vous autant qu'il le faudra, Macha, je vous le répète, a murmuré Hilo. Nous avons le temps. Vraiment.

– Merci, Hilo. Mais je préfère aller jusqu'au bout maintenant, et le plus vite possible pouvoir à nouveau enfouir ce passé pour ne plus profiter que de la Douceur... Tu comprends ?

– Oui, Macha, je comprends...

18

La pluie s'était calmée, son bruit sur les feuilles était moins fort.

J'ai repris mes esprits peu à peu.

Il était huit heures.

Je me suis relevée péniblement. Le sang avait séché sur mes plaies et écorchures diverses. J'ai visualisé le plan Google Maps dans mon souvenir : si je continuais à descendre par la forêt, parallèlement à la route départementale, je pourrais tomber sur le sentier de grande randonnée qui menait à Goulaine, celui que j'avais initialement prévu de prendre en VTT.

J'ai regardé dans mon sac à dos. C'est lui qui avait amorti le choc. Pour être plus précise, c'était même mon Mac qui avait pris. Il était tout cabossé. On verrait bien, quand je pourrais me poser quelque part, s'il fonctionnait encore.

J'ai commencé ma descente en boitillant. Je me suis accrochée aux arbres, dérapant parfois sur les feuilles mouillées et grimaçant de douleur car ma cheville, ce n'était pas la grande forme.

Sous mon anorak, Verlaine léchait les griffures qu'il m'avait faites. Il voulait se faire pardonner, cet idiot. Sa langue râpeuse n'avait rien de désagréable, elle m'a même tiré un petit rire car elle me chatouillait.

Je suis enfin arrivée au GR qui menait à Goulaine. Avec ce temps-là et en semaine, ce serait vraiment un manque de chance si je croisais quelqu'un. Ce n'était pas que j'avais peur d'un rôdeur ou de randonneurs amoureux de la pluie, mais si je croisais quelqu'un, avec la tête que je devais avoir, il se serait cru obligé de me demander si j'avais besoin d'aide et il aurait utilisé son portable pour appeler des secours.

Parfois, les gens serviables sont les pires.

C'est à ce moment-là, par association d'idées, que j'ai pris conscience que mon téléphone vibrait dans la poche de mon jean.

J'ai ouvert le clapet. Cinq SMS, trois avec un numéro que je ne connaissais pas, deux de Le Vigan. Les trois avec le numéro que je ne connaissais pas me disaient que je commettais une folie et qu'on m'attendrait entre onze et treize heures à la gare de N. pour me ramener à la maison. Plus tôt ou plus tard, selon mes besoins ou mes possibilités. Il fallait juste que je rappelle.

Ils étaient signés du Capitaine.

Quant aux deux messages de Le Vigan, ils m'informaient que le Capitaine l'avait mis au courant, qu'il lui faisait toute confiance et qu'il préférait voir dans mon comportement un instant d'égarement dû au chagrin d'avoir perdu maman plutôt qu'une fugue délibérée. Qu'il suffisait que je revienne et qu'il ne me serait fait aucun reproche.

Tout en boitillant, j'ai eu comme première envie de leur répondre à tous les deux par un mot de cinq lettres mais je me suis dit que ce serait encore une manière de communiquer, ce que je ne voulais absolument pas.

J'ai continué à marcher. J'avais soif, j'avais mal à la cheville et mon coude m'élançait de nouveau. Je me suis arrêtée pour souffler, j'ai ouvert le sac à dos, j'ai pris du paracétamol et j'ai avalé quelques cachets sans eau en maudissant mon manque de sens pratique. Malgré moi, j'ai pensé aux SMS de Le Vigan.

Je cherchais ce qui clochait, ce qu'ils voulaient cacher.

Et puis j'ai compris.

Le Vigan voulait absolument éviter le scandale.

Sa fille en fugue juste après la mort de sa femme. La rumeur, les commérages…

Et s'il voulait éviter le scandale, c'était sans doute parce qu'il avait des ambitions politiques. On parlait de plus en plus de la victoire probable du Bloc Patriotique au deuxième tour des élections présidentielles, qui tomberaient le jour de mon anniversaire. Le Bloc Patriotique avait peut-être promis à Le Vigan, qui était connu pour ses sympathies de ce côté-là, une place de candidat pour être député ou quelque chose de ce genre.

Et il ne voulait surtout pas que la police se mêle de ma fugue !

Seul le Capitaine et peut-être un ou deux de ses hommes de confiance avaient été mis dans la confidence. Il était hors de question que maître Le Vigan, avocat au barreau de N., voie en ce moment sa fille Marie photographiée, crasseuse, couverte de plaies et de bosses dans un commissariat au milieu des SDF et des toxicos : n'importe qui pouvait prendre une photo avec un smartphone, sans compter les journalistes qui traînaient toujours dans les parages des flics.

Et quand bien même Le Vigan aurait réussi à contrôler la presse régionale, car il avait beaucoup d'amis bien placés, il ne pouvait pas contrôler les fuites sur les réseaux sociaux. Je n'avais donc pas vraiment à craindre la police, en fait, puisqu'elle n'était pas prévenue.

Il y avait simplement le Capitaine qui allait me suivre à la trace.

Étrangement, il ne me faisait pas peur. Si je n'avais su interpréter exactement ses regards ou mettre un nom sur la relation ambiguë qu'il entretenait avec moi depuis le premier jour où nous nous étions vus rue Royale, je pressentais cependant que cet homme ne m'était pas hostile.

Même après la poursuite sur la départementale où il avait essayé de m'arrêter en douceur.

Je lui rappelais peut-être quelqu'un ou quelqu'une… Cela pouvait être un enfant perdu, un amour de jeunesse… Je représentais peut-être pour lui le regret d'une paternité qu'il n'avait jamais connue, d'une vie qu'il n'avait jamais eue.

En même temps, c'était un militaire aguerri, il croyait en la Résidence comme d'autres croient en Dieu. J'avais donc tout lieu de penser qu'il partageait la même vision du monde que Le Vigan et qu'il lui était tout dévoué. Mais enfin, je n'étais pas certaine de devoir le considérer comme un ennemi.

La suite devait me prouver que j'avais raison, au-delà de ce que j'imaginais.

Je suis enfin arrivée sur le sentier de grande randonnée. Ce n'était pas le rêve, mais la pluie n'était plus qu'un vague crachin, et le chemin était moins casse-gueule que la forêt. Il suffisait de ne pas se retrouver à mi-cuisses dans des flaques de boue et d'éviter les plus grosses branches qui obstruaient le chemin.

J'ai tourné le dos à la départementale que je voyais entre les arbres, à la rumeur des voitures qui passaient dans un bruit presque aquatique, et j'ai marché vers Goulaine.

Il y en avait tout de même pour cinq kilomètres.

Dans ma poche de treillis, le téléphone portable ne cessait de vibrer.

J'ai eu la tentation de m'en débarrasser mais j'ai hésité. Malgré tout, il me servirait peut-être à joindre Émilie Ambricourt, si j'arrivais à obtenir un numéro.

Je suis arrivée à Goulaine par les hauteurs.

Alors que le petit village se limitait autrefois à son centre historique, il était désormais cerné par des zones pavillonnaires et des petits immeubles : Goulaine était devenue, avec les années, une ville-dortoir pour ceux qui travaillaient à N. et n'avaient plus les moyens d'y loger s'ils voulaient assez de place pour eux et pour leur famille.

J'ai repéré un panneau qui indiquait la gare TER et, pour m'y rendre, j'ai dû longer une avenue bordée de pavillons qui se ressemblaient tous. Ils étaient moins luxueux que ceux de la Résidence, il n'y avait pas de clôture mais on sentait bien que l'esprit était le même. D'ailleurs, j'ai remarqué, mais j'avais l'œil exercé, une caméra de surveillance. Elle n'était pas cachée, il y avait même un panneau qui indiquait : *La commune de Goulaine investit pour la sécurité de tous grâce à la vidéoprotection.*

J'ai repensé à Karim, à nos conversations dans les bistrots du Vieux-Quartier, à ce qu'il me disait sur les mots que l'on choisit pour masquer la réalité, pour l'adoucir. Peut-être que les gens n'étaient pas dupes, peut-être qu'ils savaient que c'était un mensonge mais ils faisaient comme si. « Vidéoprotection », c'était moins agressif que « vidéosurveillance », même si ça revenait au même. C'était comme « chômage » remplacé par « recherche d'emploi », « aveugle » par « non-voyant », et on aurait pu poursuivre cette liste indéfiniment...

Devant les pavillons, les portes des garages étaient ouvertes. Les gens se saluaient, s'apprêtaient à partir au travail ou à conduire les enfants à l'école.

De temps en temps, j'avais le droit de la part de certains à un coup d'œil qui allait de la réprobation à l'indifférence feinte en passant par l'étonnement.

Ce que je voyais par fragments de mon visage et de mon allure dans le reflet des vitres des monospaces familiaux expliquait ce genre de réactions. Dans ces quartiers tranquilles où tout le monde connaît tout le monde, c'est-à-dire, en fait, où tout le monde espionne tout le monde, on repère très vite celui qui n'est pas du coin, le corps étranger, l'élément extérieur, surtout s'il a une drôle d'allure, ce qui était mon cas.

Boueuse, boiteuse, écorchée, avec Verlaine qui passait la tête par l'échancrure de l'anorak, le sac à dos crasseux, mes cheveux noirs, longs et trempés, mes yeux tout aussi noirs qui mangeaient mon visage inquiet et fatigué, déformé de temps à autre par des mimiques douloureuses, j'avais tout l'air de celle que Le Vigan, quand j'étais plus petite, appelait gracieusement « la pouilleuse du ghetto ».

Il fallait que j'accélère le pas, sinon un de ces bons citoyens allait appeler les flics, ou une gentille maman allait me poser des questions auxquelles j'aurais un mal fou à répondre. Pour la première fois de ma vie, j'ai compris ce que c'était d'être « en marge », c'est-à-dire soit invisible, soit suspecte. Comme les SDF, les Roms, les travailleurs clandestins, les migrants...

Heureusement, un autre panneau a indiqué la gare TER et j'ai quitté ce quartier pour descendre une avenue entre deux haies de thuyas, vers des bâtiments sans style.

Le parking devant la gare était comble, je me suis faufilée entre les voitures et les bus scolaires, et je suis entrée dans le hall. Une foule de gens attendaient les trains pour N. ou pour d'autres villes de la région, comme Angers ou Rennes.

Une odeur de beurre provenant d'une enseigne de croissants où l'on pouvait boire un café au comptoir m'a soudain indiqué que, sans m'en rendre compte, en partie à cause de la douleur et de l'épuisement, je crevais littéralement de faim.

J'ai à peine jeté un œil au Relay H : les titres des journaux ne parlaient que des élections et l'on voyait souvent la photo d'Agnès Dorgelles, la candidate du Bloc Patriotique qui avait des chances de l'emporter. Les autres titres se préoccupaient du temps pourri sur la France. J'ai juste repéré en une d'un hebdo un encart sur les ZAD et j'ai pensé à Karim qui ne les connaîtrait jamais et surtout à Émilie Ambricourt, mon seul espoir.

Les annonces des trains se succédaient dans les haut-parleurs et j'ai vu que le prochain TER pour N. était dans une demi-heure. Mais j'ai vérifié qu'il s'arrêtait à une autre gare avant. Ce serait plus compliqué de rejoindre la cité des 800 sans bicyclette mais j'allais devoir faire avec les moyens du bord et cela m'éviterait de me faire cueillir comme une fleur par le Capitaine au terminus.

J'ai cherché une première liasse de billets que j'avais placée dans une des poches de mon treillis. Sans la sortir complètement, j'en ai retiré une coupure de dix euros.

Je me suis avancée devant l'étal de viennoiseries. Les trois jeunes qui s'affairaient au milieu du bruit et des clients étaient à peine plus âgés que moi, coiffés d'une espèce de chapeau de papier ridicule qui complétait leur uniforme au service de la marque.

J'ai dû me frayer un chemin dans la cohue et j'allais y arriver quand une voix m'a interpellée :

– Les animaux dans la gare doivent être tenus en laisse ou alors voyager dans des caisses prévues à cet effet…

Je me suis retournée.

C'était un policier, assez jeune lui aussi, accompagné d'un militaire encore plus jeune, comme les employés de la viennoiserie. Il y avait encore deux ou trois ans, guère plus, ils étaient comme moi sur les bancs de l'école.

Et je voyais bien qu'ils avaient l'intention, le flic surtout, de me chercher des ennuis, de montrer l'autorité que leur conférait un uniforme. Un uniforme qui prouvait qu'ils étaient du bon côté de la barrière sociale. Comme je n'allais pas tarder à le découvrir, dans les ZAD aussi, les CRS ou les gendarmes mobiles n'hésitaient pas à charger et à tirer sur des jeunes qui avaient quasiment leur âge.

Clara Pitiksen devait d'ailleurs me raconter plus tard qu'en Norlande, à l'été 2011, le tueur de masse Hans-Carl Odin, qui avait failli avoir sa peau après avoir massacré des dizaines de ses camarades sur l'île de Clamarnic, avait pratiquement l'âge de ses victimes.

– Qu'est-ce qui vous est arrivé ? a demandé le flic

– Une chute de vélo en arrivant à la gare, à cause de la pluie.

– Vous vous êtes bien arrangée...

J'ai eu un sourire volontairement naïf, histoire de passer pour une ravissante idiote :

– Je sais, mais je dois quand même aller au lycée, à N., et prendre le prochain train...

– Vous ne pouvez pas aller au lycée dans cet état. Rentrez chez vous et prévenez que vous allez chez le médecin... Et puis dites-moi, vous vous rendez au lycée avec un chat, d'habitude ?

Il commençait sérieusement à me taper sur les nerfs, avec son petit sourire qui se voulait malin. Il devait se prendre pour un flic de série télé. Il m'agaçait et me faisait peur : il n'allait pas tarder à me demander à quel lycée j'allais à N., mon titre de transport, pourquoi je n'avais pas d'abonnement.

Bref, comme me le disait Karim à propos de la vie dans la cité des 800, si les flics de la BAC avaient vraiment décidé de vous coincer, ils y arrivaient. À un moment ou à un autre vous vous trouviez en faute.

« Pour comprendre ça, tu devrais lire *Le Procès* de Kafka », m'avait-il dit entre deux baisers. Je lui en avais fait la promesse, j'allais m'y mettre quand il s'est fracassé dans la cour de Saint-Bénodet. Du coup, je n'avais pas lu *Le Procès*. Le simple fait d'ouvrir le livre de poche qu'il m'avait prêté me donnait envie de pleurer.

Le jeune soldat à côté du flic avait l'air gêné et las à la fois, comme s'il était habitué au numéro d'intimidation de son binôme.

Mais j'ai été sauvée par le gong.

Enfin, en l'occurrence, par le grésillement du talkie-walkie accroché à sa ceinture, qu'il a tout de suite porté à l'oreille.

– Bien reçu, on va voir…

Et ils ont tourné les talons sans plus s'occuper de moi.

J'avais toujours aussi faim. Je me suis retrouvée devant l'étal des croissants. J'en ai demandé deux et un thé brûlant…

– Ça a été chaud avec la patrouille Vigipirate, non ? 6,20 euros…

J'ai relevé les yeux, surprise, alors que les croissants et le gobelet de thé étaient déjà posés devant moi, sur le comptoir en verre. J'ai tendu mon billet de 10. La fille m'a rendu la monnaie avec une rapidité étonnante. Elle avait de bonnes joues rouges et le regard pétillant. Quelque chose de très doux émanait d'elle.

Elle a baissé la voix, parce qu'un de ses collègues faisait un café au percolateur juste derrière elle :

– Tu fais une fugue ?

– Ça se voit tant que ça ?

– Bah, disons que t'as plutôt la tête à avoir des ennuis... Tu vois la porte à côté des toilettes, au fond du bar ?

– Oui ?

– C'est notre vestiaire et notre salle de repos. J'ai ma pause dans cinq minutes. Voici la clef. Tu entres, tu m'attends, personne ne te demandera rien...

– Mais pourquoi tu... ?

– Dans cinq minutes ! a-t-elle répété alors qu'elle s'occupait déjà d'un autre client.

J'ai englouti les deux croissants et je me suis brûlé la langue avec le thé.

J'ai traversé le bar encombré, je me suis dirigée vers les toilettes et j'ai ouvert la porte du vestiaire sur laquelle rien n'était indiqué. C'était une salle commune entourée de casiers pour une dizaine d'employés. Au fond, un couloir indiquait d'un côté les douches et toilettes pour les filles et de l'autre celles pour les garçons.

Il y avait aux murs des affiches sans intérêt, des panneaux avec des notes de service, des petites annonces...

La fille est arrivée, souriante.

– Je m'appelle Cathy.

– Et moi Macha...

– Et lui ? a-t-elle fait en désignant le chat.

– Verlaine.

– Tu fuis quoi, Macha ?

J'ai été déroutée par le côté direct de la question.

– Tu as combien de temps pour ta pause, Cathy ?

– Un quart d'heure.

– Ce serait trop long à expliquer.

– C'est toujours trop long. En tout cas, si tu ne veux pas te faire arrêter à tout bout de champ, tu devrais te refaire une beauté ! Tu as de quoi ?

J'ai ouvert mon sac à dos. J'ai sorti les pansements, le mercurochrome, les affaires de toilette.

– Il y a des douches, chez les filles.

En moins de dix minutes, j'avais réparé tant bien que mal les dégâts. Eau chaude pour me dénouer les muscles, pansement, pommade sur la cheville.

Verlaine était resté sur les genoux de Cathy.

– Eh bien, voilà, tu as retrouvé une figure à peu près humaine.

– Pourquoi tu m'aides comme ça ?

– Je ne sais pas. Sans doute parce que j'ai été à ta place, il n'y a pas si longtemps. Tu as quel âge ?

– Bientôt dix-huit.

– Tu vas aller où ?

– Dans une ZAD, sans doute.

– Une quoi ?

Je lui ai expliqué. Elle a eu l'air intéressée.

– Je crois que j'en ai entendu parler, deux ou trois fois. Tu es sûre que c'est aussi bien que ça ?

– Je verrai bien. Ce ne sera pas pire que tout ça, je pense.

Et j'ai fait un geste vague qui désignait, pour moi, aussi bien la gare de Goulaine que la Résidence, la ville de N., le monde dans son ensemble qui était plein de policiers inquisiteurs, de caméras qui espionnaient, de gens qui avançaient dans la vie comme des zombies.

– C'est peut-être une solution, je ne sais pas, a dit Cathy, soudain songeuse.

En rangeant mes affaires, j'ai essayé de faire fonctionner mon Mac qui a gardé son écran noir. Il était fichu, à tous les coups, mais je l'ai gardé. On ne savait jamais.

– Je vais reprendre mon poste, a-t-elle dit dans un soupir.

– Et moi ma route.

– Bonne chance, Macha. Prends bien garde à toi.

– Bonne chance, Cathy… On se reverra peut-être.

Elle a eu un sourire un peu triste :

– J'aimerais bien, vraiment.

19

Je n'ai évidemment jamais revu Cathy.

J'espère encore aujourd'hui, à cent sept ans, tellement longtemps après cette éphémère rencontre, que cette jeune fille qui ne me connaissait pas et m'avait aidée sans poser de questions a eu le temps de voir s'installer la Douceur, loin des gares et des patrouilles Vigipirate, loin de la violence toujours plus grande du monde de la Fin.

Je suis montée dans le train de 9 h 43 pour N. mais je suis descendue à la gare d'Erdre, juste avant, et je me suis dirigée vers les arrêts de bus.

J'ai dû encore attendre une vingtaine de minutes alors que le ciel menaçait de nouveau. J'avais l'impression d'être à découvert.

Je m'attendais à voir surgir d'un instant à l'autre un 4 × 4 bleu marine avec l'écusson de la Résidence.

Le Capitaine était un fin chasseur et j'étais son gibier.

Dans le bus, oubliant les décors mornes de la banlieue de N. où alternaient des petites maisons en meulière, des HLM et des zones commerciales, j'ai regardé mon portable. Plus de SMS, ni de la part du Capitaine ni de Le Vigan. Ce n'était pas forcément bon signe. En même temps, comme je n'avais parlé à personne de Karim, sauf à maman, et encore moins d'Émilie Ambricourt, je pouvais espérer qu'ils perdent ma trace.

Je suis descendue à un arrêt qui avait une correspondance avec la ligne de tramway qui s'arrête à la cité des 800.

Dans le tramway, le temps du trajet, la police est bien montée une demi-douzaine de fois. Elle a contrôlé des gens un peu au hasard, y compris moi, mais les flics n'ont pas fait de remarques particulières quand ils ont regardé ma carte d'identité.

Ils avaient l'air préoccupés, nerveux, et ils étaient équipés comme des RoboCop.

C'est en écoutant les conversations autour de moi ou en voyant certains passagers qui tapotaient nerveusement sur leurs smartphones et leurs tablettes que j'ai appris qu'il y avait eu une série d'attentats simultanés dans toute la France, moins d'une heure plus tôt, à peu près au moment où je me trouvais avec Cathy.

J'entendais des bribes de conversations : des tireurs masqués avaient fait un massacre dans un supermarché d'Orléans, il y avait eu une grenade lancée par-dessus le mur de la cour d'une école maternelle du côté de Compiègne, et deux bombes avaient explosé dans une galerie marchande des Champs-Élysées. On annonçait des bilans contradictoires mais tout cela se chiffrait en dizaines de morts.

– Vivement le Bloc Patriotique, qu'on en finisse avec toute cette racaille ! disaient certains passagers.

Les autres se taisaient, consternés.

J'ai pensé au Capitaine, à ses sinistres prophéties, et c'est là que j'ai commencé à me dire que ce qu'il voulait d'abord, sans doute plus que Le Vigan, c'était me protéger de toute cette horreur qui venait. Pourquoi un tel souci à mon égard, cela, en revanche, je n'en savais toujours rien.

J'ai caressé Verlaine, pour me rassurer, puis je suis descendue à l'arrêt Rosa Luxemburg, aux 800.

On aurait dit que la cité était en état de guerre.

Il n'y avait personne dans les rues ou sur les esplanades, et même les halls d'immeubles où les anciens copains de Karim restaient des heures à discuter étaient déserts. Des cars de CRS stationnaient en nombre aux carrefours, et des voitures de la BAC filaient à toute vitesse, gyrophares allumés, devant les barres d'habitations. Quant aux rares commerces qui existaient encore dans la cité, ils avaient leurs volets baissés.

Le ciel gris, bas et lourd rendait l'atmosphère encore plus pesante. J'ai eu un peu de mal à retrouver le centre social. Tout se ressemblait et je n'étais pas venue très souvent avec Karim.

Le centre social aussi était fermé. La porte d'entrée avait les vitres remplacées par des panneaux de contreplaqué.

C'était la même chose pour deux fenêtres sur trois.

J'ai quand même sonné à la porte sans être vraiment certaine que l'interphone marchait. Dans le lointain, on entendait des sirènes.

J'ai insisté.

J'ai même composé sur mon portable le numéro de téléphone inscrit sur la plaque couverte de tags. Je suis tombée sur un répondeur au bout de la cinquième sonnerie.

De temps à autre, je me retournais. Je voyais à deux cents ou trois cents mètres la tour des Myosotis, là où Karim avait vécu et où sa mère vivait sûrement encore. Je n'avais pas envie d'y aller, en fait, alors que cela aurait peut-être été plus simple, mais je ne me sentais pas la force, si par hasard sa mère n'était pas au travail, de revoir la chambre bien rangée et de devoir expliquer à cette femme qui j'étais.

Un garçon, sans casque, est passé sur une mob. Il a ralenti à ma hauteur. Il avait quatorze ans au maximum. Il a fait demi-tour puis il s'est arrêté, le moteur de la bécane tournant toujours :

– Qu'est-ce que tu cherches ?

– Je voudrais voir quelqu'un au centre social...

– Qui ?

– Un éduc... Pour un renseignement...

– Je peux peut-être t'aider, mademoiselle ?

Il a souri et il a continué :

– C'est pas prudent de tourner comme ça dans le quartier. Surtout avec ce qui s'est passé ce matin. Il y a des keufs partout, t'as pas remarqué ?

J'ai été prise d'une inspiration subite :

– J'étais la copine de Karim Rafa...

L'ado sur la mob a perdu son sourire, et un voile de tristesse est passé dans son regard. Ses longs cils m'ont fait penser à ceux de Karim.

– La fille des beaux quartiers ? Celle qu'il a connue dans le bahut de friqués où les flics l'ont jeté par la fenêtre ?

Les larmes me sont montées aux yeux.

– Pleure pas comme ça, mademoiselle, il avait parlé de toi à mon frère Samir, Karim. Paraît que t'es une fille bien. Pourquoi tu zones aux 800 alors que tout le monde en veut aux Arabes de ce qui s'est passé ce matin ?

– J'ai besoin de voir un éduc. Un qui aurait connu Émilie Ambricourt, c'est une autre éduc. Elle s'est occupée de Karim.

– Mais je la connais, moi, Émilie. C'est elle qui m'a suivi quand je me suis retrouvé en foyer ! Trop cool, la meuf. C'est vrai qu'elle avait Karim à la bonne. C'est elle qui l'a envoyé dans ton école de bolosses. Mais là, elle est partie depuis un bout de temps.

– Tu vois, c'est pour ça que je suis là ! Pour savoir où elle pourrait se trouver... Il est fermé, le centre ?

Comme pour me démentir, la porte s'est enfin ouverte sur un homme d'une trentaine d'années, un blond avec des dreadlocks. Au même moment, le garçon à mobylette est reparti en pétaradant.

Depuis le seuil, l'homme aux dreadlocks lui a lancé :

– Fais gaffe à toi, Slimane ! C'est pas le jour à te faire choper !

Manifestement, le garçon à la mob était déjà trop loin pour l'entendre et l'homme aux dreadlocks a haussé les épaules. Il avait l'air fatigué.

– Que veux-tu, jeune fille ? C'est toi qui as appelé à

l'instant ? Excuse, j'étais occupé. Mais entre plutôt. Il va se remettre à pleuvoir.

En pénétrant dans le centre, j'ai aperçu des bureaux, une salle informatique, un espace garderie, une bibliothèque, une cafétéria avec un baby-foot, encore d'autres salles. Mais il y avait très peu de monde. Quatre ou cinq petits dans la garderie sous la surveillance de deux auxiliaires en puériculture, une ado black qui lisait dans la bibliothèque…

– Il n'y a personne ? ai-je demandé.

– Comme tu vois… Pas grand monde…

– C'est fermé ?

– Non, c'est l'heure creuse, mais en plus, je ne sais pas si tu es au courant, depuis le milieu de la matinée, c'est l'enfer. Des attentats partout et ça ne s'arrange pas. Aux 800, on est en état de siège. Alors les gens restent prudemment chez eux. C'est quoi ton nom ?

– Macha Patrikios, ai-je dit comme pour marquer une rupture symbolique, définitive avec les Le Vigan.

– Moi, c'est Carlos Angers. Comme la ville. Je suis le directeur du centre. Tu veux un café, Macha ?

On est passés à la cafèt'. Carlos est allé derrière le comptoir. On a entendu un bruit de grenades lacrymogènes qui explosaient dans le lointain alors qu'il versait de l'eau bouillante sur la poudre de Nescafé.

Il a suspendu son geste, a eu une moue inquiète :

– Ça y est, ça va tourner à l'émeute…

Il a allumé un vieux poste de télé suspendu au-dessus du bar. Une chaîne d'infos en continu diffusait les images des attentats simultanés tandis que des envoyés spéciaux au débit presque hystérique commentaient pour ne rien dire.

Le bilan était effrayant.

Des dizaines de morts, plusieurs centaines de blessés. Ça recommençait…

– Tout ça à quelques jours des élections. C'est sûr, on est bon pour avoir le Bloc au pouvoir. Alors tu veux quoi, la miss ?

Je me suis assise, réchauffant mes mains sur le mug empli de café bouillant. Verlaine en a profité pour sortir de l'anorak et faire quelques pas prudents sur le formica jaune de la table. Cela a fait sourire Carlos Angers.

Je lui ai tout déballé. Le Vigan, Sainte-Ursule, Saint-Béno, la mort de maman, celle de Karim, la Résidence, ma fugue, la seule piste que j'avais pour rejoindre une ZAD, si possible celle où se trouvait Émilie Ambricourt :

– Je pourrais rejoindre n'importe quelle ZAD mais, en retrouvant Émilie, j'aurais quelqu'un pour me guider un peu… En fait, depuis mon départ, je m'aperçois que je ne connais rien du monde. Ou pas grand-chose… Et puis ce serait aussi un moyen de..., comment dire, de retrouver Karim. Au moins d'une certaine manière...

Carlos Angers, malgré les panneaux qui l'interdisaient, s'est roulé une cigarette et a commencé à la fumer.

Il m'avait écoutée très attentivement.

– J'ai entendu parler de ton histoire. Et Le Vigan, mes copains et moi, on le connaît aussi. On ne peut pas dire qu'on ait les mêmes idées ! Là, il doit parader, ton beau-père, depuis sa Résidence, entre la victoire annoncée du Bloc Patriotique et les attentats de ce matin... Alors comme ça, tu veux aller vivre en ZAD ? Tu vas en chier, passe-moi l'expression ! Pas d'eau courante, des tentes sans confort, un temps souvent pourri, de la boue partout, et des bastons régulières avec les CRS...

– Vous voulez me décourager...

– Pas vraiment, Macha. Je veux juste te prévenir. J'y ai passé un peu de temps, du côté de Notre-Dame-des-Landes, il y a deux ou trois ans... Je te mets en garde, c'est tout...

Il avait raison et c'est, je crois, chez les Cueilleurs d'histoires qui m'écoutent le soir dans la Maison Commune de Merlicourt, une idée reçue de croire que les premières ZAD, c'était déjà la Douceur. Les zadistes n'avaient rien, sinon l'espoir chevillé au corps, et ils vivaient souvent comme des réfugiés de l'intérieur.

Pourtant ce jour-là, j'ai répondu assez sèchement à Carlos Angers :

– Vous avez vécu des années dans la même maison que Le Vigan ?

– Non...

– Vous avez vu votre mère s'éteindre dans la dépression ?

– Non...

– Vous avez eu un ado facho qui cherchait à vous mater le cul depuis que vous êtes à peine pubère ?

Il a eu un petit rire gêné.

– Non...

– Vous avez entendu pendant tous les repas de famille parler du temps béni de la royauté, de la France envahie par les étrangers, de la jeunesse qui ne pense qu'à se droguer et se livrer à des orgies ?

Carlos Angers a encore souri :

– Non...

– Et pour finir, à peine enterré votre amour, vous êtes-vous retrouvé à vivre dans une *gated community*, comme ils disent, avec des caméras qui vous suivent jusque dans les toilettes ?

– Non, Macha...

– Alors vous voyez, Carlos, avec tout le respect que je vous dois, et même si les ZAD ne sont pas un camping cinq étoiles, vous comprendrez que vos mises en garde, je m'en tamponne le coquillard !

– Hé, tout doux, Macha, je ne suis pas ton ennemi ! Tu veux quoi, au juste ?

– Un moyen de joindre Émilie Ambricourt, un numéro de portable, une adresse Internet, n'importe quoi...

– Je ne peux pas...

– Et pourquoi ?

– Parce que c'est toujours elle qui m'appelle, quand elle m'appelle, c'est-à-dire pas souvent. Pour tout te dire, elle change de téléphone portable tout le temps !

– Pourquoi ?

– Tu ne t'en doutes pas ? Elle et sa copine que j'ai vue une fois à N., une Scandinave, Clara quelque chose, sont très engagées dans le mouvement des ZAD, des communautés alternatives, enfin Karim a dû t'expliquer, non ? Eh bien, elles sont obligées, comme les autres figures du mouvement, de prendre des précautions pour ne pas se faire repérer par la police. Et notamment utiliser des téléphones à carte qui ne leur servent qu'une fois.

– C'est aussi dur que ça, contre la police ?

– Oui, depuis 2015, il y a eu des lois de plus en plus répressives sur l'antiterrorisme et l'état d'urgence. Elles ne servent pas seulement à protéger les gens « honnêtes » des terroristes mais aussi à surveiller la partie de la population qui n'est pas d'accord avec ce qu'on vit en ce moment, notamment ceux qui sont dans les ZAD. Tu veux des exemples ? La police, sans en référer aux juges, a le droit de surveiller les comptes Twitter, Facebook, de s'introduire sur ton ordinateur avec des virus espions, de recruter des « taupes » sur les réseaux sociaux qui te donnent de fausses infos et te poussent à la faute pour qu'on puisse t'arrêter plus facilement si tu manifestes. Et à l'inverse, elle peut procéder à des gardes à vue préventives si elle repère que quelque chose s'organise dans un groupe sur un réseau social ou t'assigner à résidence. Une simple présomption suffit. Ils appellent ça prévenir les « *violences collectives de nature à porter atteinte à la sécurité nationale* ».

J'ai eu un instant de découragement.

– Tu ne sais même pas où elle est, Émilie Ambricourt ?

– Elle est d'abord allée à Calais. Elle a essayé d'aider les migrants qui s'entassent dans des camps de fortune sur des terrains vagues entre les usines et la mer. Ils sont des milliers. On appelle ça la Jungle. Tu vois tout de suite ce que ça veut dire... Et puis, elle et sa copine, la Scandinave, elles sont parties sur une ZAD, toujours dans le Pas-de-Calais. Un bled qui s'appelle Merlicourt, je crois bien. Mais rien ne me garantit qu'elles y soient encore...

– Il ne me reste plus qu'à aller à Merlicourt, donc...

– Tu es folle...

– Ce que je vais te dire ne va pas te faire plaisir, Carlos Angers, mais malgré tes dreadlocks et tes cigarettes roulées tu me parles comme Le Vigan.

On a encore entendu des grenades lacrymos, plus proches.

Carlos s'est levé et est allé à l'entrée de la cafèt' pour crier dans le couloir :

– Vérifiez que les fenêtres de la garderie sont bien calfeutrées. Pas question d'aller prendre l'air pour l'instant. Ca va être irrespirable, dehors !

Il s'est retourné vers moi :

– Tu as sans doute raison, Macha. Oui, c'est toi qui es dans le vrai. Je devrais faire comme Émilie. Partir moi aussi, trouver une ZAD et tenter de reconstruire autre chose devant le chaos qui s'amène. Mais en même temps, qui va s'occuper d'eux, aux 800 ? Tu as vu comment les médias prennent tous les habitants des cités pour de dangereux délinquants ou des fanatiques religieux qui posent des bombes et massacrent des innocents ? Et ça ne va pas s'arranger après les événements de ce matin. Alors il faut bien que quelqu'un reste pour s'occuper d'eux, essayer d'amortir le choc. Même si je n'ai pas d'illusions. Sinon, je serais venu avec toi, je t'aurais même amenée jusqu'à Merlicourt ou ailleurs. À deux, on aurait eu plus de chances de mettre la main sur Émilie...

– Je comprends...

– Tu as de l'argent, Macha ?

– Ce qu'il faut...

– Je te conseille d'éviter les grands axes, aussi bien routiers que ferrés. Choisis des départementales, arrête-toi dans des petites villes, prends des bus. Ce sera plus long, mais plus sûr. Entre les élections qui approchent et les attentats de ce matin, tout le pays va grouiller de flics et de militaires. En même temps, ça peut être un atout pour toi, si tu es discrète. Ils auront autre chose à faire que de s'occuper d'une fille qui voyage avec un chat !

– Je pourrais te laisser mon numéro de portable ? Si Émilie Ambricourt t'appelle, tu pourrais lui donner...

– OK, Macha, mais je ne garantis rien. Si elle n'appelle pas, il faudra te débrouiller toute seule...

J'ai encore un peu attendu dans la salle informatique du centre que ça se calme dehors. J'ai surfé sur les sites qui parlaient de Calais et de ses migrants. C'était chaud, effectivement. J'ai essayé de repérer sur les images ou les vidéos Émilie Ambricourt dont Karim m'avait montré par hasard dans sa chambre une photo qui datait d'un centre aéré où on la voyait avec lui et ses copains après une session d'accrobranche.

Sur Merlicourt, il n'y avait presque rien... On signalait simplement dans les sites Internet de la *Voix du Nord* l'opposition d'un groupe de jeunes soutenu par une partie de la population pour empêcher les travaux prévus par les promoteurs.

Vers treize heures, j'ai partagé un sandwich avec Carlos Angers. Ça s'était calmé dans les 800, d'après les infos que Carlos recevait au téléphone ou par des gamins qui passaient, et si ça devait reprendre, ce ne serait qu'à la nuit tombée.

Alors j'ai décidé d'y aller.

De partir.

J'ai laissé mon MacBook au Centre.

– Si vous pouvez le réparer, il pourra peut-être vous servir à quelque chose...

– La situation ne serait pas si dure, tu me ferais marrer, Macha, avec ton sac, tes pansements, ton chat et ta bouille de diseuse de bonne aventure...

– Je suis pourtant bien incapable de prévoir de quoi demain sera fait...

– Il me semble qu'on en est tous là, Macha, ces temps-ci...

20

J'ai suivi les conseils de Carlos Angers.

J'ai rallié Merlicourt en prenant les chemins de l'école buissonnière. J'ai découvert les bus qui sillonnaient les routes départementales, celles qui sont en jaune sur les cartes routières. Ils ne transportaient que des vieux, des mères avec leurs enfants, des pauvres qui n'avaient pas les moyens de se payer des voitures ou de prendre le train. Ils s'arrêtaient sur les places de village. On aurait pu croire que rien n'avait changé depuis cent ans.

J'ai pris des TER, aussi, souvent en mauvais état, qui allaient de petite gare en petite gare. Ils transportaient des lycéens de mon âge qui parlaient de leurs profs, de leurs amours, de leurs copains, presque jamais des événements.

Le temps était définitivement pourri. Tout le monde s'est accordé à dire que le printemps de cette année-là a été exceptionnellement mauvais. De la pluie, de la grêle et même, malgré le mois de mai qui avançait, des chutes de neige soudaines et abondantes. La température montait rarement au-dessus de dix degrés, même à midi.

Bref, la météo se mettait à l'unisson de l'actualité qui était violente, tellement violente... Les attentats continuaient, ils se produisaient malgré tout presque chaque jour, sous les formes les plus variées. Il y avait moins de morts parce que les flics et les militaires étaient partout, mais ça créait une véritable psychose collective.

Certains terroristes se mettaient à foncer avec leur voiture dans la foule des rues piétonnières ou des marchés, ils attaquaient des passants au hasard avec des couteaux ou des hachoirs, des bombes étaient désamorcées de justesse à la porte des écoles ou dans les salles de cinéma, d'autres explosaient quand même et on voyait à nouveau sur les écrans des cortèges d'ambulances, des policiers, des urgentistes autour de corps allongés, des traces de sang sur des tôles déchiquetées et des vitrines brisées.

Les rues et les transports en commun se vidaient, les gens ne sortaient plus, ou seulement quand ils ne pouvaient pas faire autrement. Beaucoup de parents, dans les villes, cessaient d'envoyer les enfants à l'école. Je ne suis même pas certaine que les mômes s'en réjouissaient tant l'ambiance était lourde, menaçante…

Dans les salles d'attente des gares SNCF et des gares routières où je passais de longues heures à lire *Le Roman inachevé* d'Aragon en attendant une correspondance entre deux bus ou deux TER, des affiches étaient placardées avec la tête des présumés terroristes.

Moi, je m'efforçais de devenir invisible.

Ce n'était finalement pas si compliqué.

Les regards soupçonneux se posaient surtout sur ceux qui avaient la mauvaise couleur. Et pour le reste, les gens ne prêtaient pas vraiment attention aux autres. J'en savais quelque chose avec ces SDF que je côtoyais dans les jardins publics.

Parfois, j'achetais un journal et je m'installais pour me réchauffer dans un bistrot démodé, un peu comme celui où j'avais embrassé Karim pour la première fois. Je demandais un chocolat chaud. Ce que je lisais n'était pas réjouissant. Tous les sondages donnaient largement vainqueur le Bloc Patriotique au deuxième tour des élections présidentielles.

En réaction aux attentats, des milices d'autodéfense se créaient, des groupes de voisins s'armaient et patrouillaient dans leurs quartiers. Tout cela donnait lieu à de vrais lynchages dont les victimes étaient la plupart du temps très jeunes. Leur seul tort avait été d'être là au mauvais moment.

À la Résidence, j'étais certaine que tout le monde se félicitait d'être bien à l'abri derrière la clôture, à l'écart, avec une petite armée pour les protéger. Je ne restais pas trop longtemps dans ces bistrots car cela aurait pu paraître suspect à la longue et je retrouvais le temps glacial et gris, hostile, dès que je ressortais.

Il m'arrivait quand même d'être obligée de passer par des villes plus importantes. Il y avait des uniformes partout et des portiques de sécurité dès que l'on voulait entrer dans un lieu public, y compris les grands magasins.

Je passais au travers des contrôles d'identité, les policiers se contentant de me jeter un coup d'œil. Encore une fois, j'avais la bonne couleur de peau et les fringues que portent les jeunes dans les beaux quartiers comme à Sainte-Ursule. L'anorak Napapijri qui va bien, les Converse propres, le jean *flare*...

J'ai eu peur de me faire avoir une seule fois, en banlieue parisienne, du côté d'Étampes, à la sortie de la gare RER. On m'a demandé ma carte d'identité, on m'a fait ouvrir mon sac. Je crois que j'ai vu le CRS sourire derrière sa visière quand il a vu Verlaine qui s'est mis à miauler.

– Qu'est-ce que vous faites dans le coin, mademoiselle ?

– Je vais au lycée... C'est bientôt le bac ! ai-je tenté avec mon plus beau sourire de petite fille modèle.

– L'adresse sur la carte d'identité, c'est rue Royale à N... Vous êtes loin de chez vous !

– Oui, mais j'habite à Étampes maintenant.

Mon cœur s'est mis à battre plus fort. S'il connaissait la ville et me demandait à quel lycée j'allais, j'étais fichue, comme j'étais fichue s'il se rendait compte que mon sac à dos ne contenait pas vraiment ce qu'on s'attend à trouver chez une fille qui va en cours.

Et tout à coup, bien qu'on soit début mai, il s'est mis à neiger à gros flocons.

Le CRS a soupiré en regardant le ciel et m'a fait signe de passer.

J'étais sur la route depuis déjà plus d'une semaine. Je n'avais pratiquement parlé à personne, si ce n'était le CRS, depuis ma conversation avec Carlos Angers. Les seuls SMS qu'il m'arrivait désormais de recevoir étaient ceux d'Ombeline, celle que j'avais éborgnée à Saint-Malo. Celle qui faisait partie avec moi des quatre élèves de terminale à la Résidence préparant leur bac dans une salle glaciale du fort Vauban. S'il neigeait là-bas aussi, ça ne devait pas être la fête de rester des heures à écouter un cours de philo en grelottant.

Ombeline s'inquiétait. Ou faisait semblant. On lui avait dit que j'étais malade, que le docteur Duvert m'avait envoyée en clinique, que j'avais fait une dépression après la mort de maman. Je m'étonnais de cette sollicitude. Ombeline et moi, c'était le moins qu'on puisse dire, n'avions pas entretenu des relations vraiment amicales. Je me demandais si elle n'était pas, consciemment ou non, manipulée par Le Vigan ou le Capitaine. Si ce n'était pas un moyen de savoir où je me trouvais, quelles étaient mes intentions. Je ne lui répondais pas, ils en seraient tous pour leurs frais.

Et puis j'avais d'autres soucis.

Dénicher des endroits où dormir, où me laver et laver mon linge. On n'imagine pas à quel point c'est compliqué pour une fille d'à peine dix-huit ans qui taille seule la route.

J'avais d'abord imaginé dormir dans ces hôtels que l'on trouve dans les zones commerciales, où on ne voit personne à la réception et où on prend sa chambre en payant directement par carte bleue dans une machine qui vous délivre un ticket avec le numéro et le code de la chambre. Le problème, c'était que je n'avais pas de carte de crédit et que l'argent qui venait du coffret aux reliques de maman ne me servait à rien dans ce cas-là.

Alors j'essayais de me faire plus vieille que mon âge, de me présenter à une réception de mon air le plus assuré. Parfois, ça marchait et on me donnait une clef. À peine entrée dans la chambre, je ne m'attardais pas sur le décor en général banal et je m'endormais pendant douze heures, Verlaine lové contre moi. Je ne rêvais pas, sauf sur le matin, où Karim et maman mais aussi, étrangement, le Capitaine apparaissaient et me disaient des choses que je ne comprenais pas.

Vers sept heures, je cachais Verlaine dans le sac à dos et je me goinfrais littéralement au buffet du petit déjeuner sous le regard étonné des autres clients, quitte à vomir quelques minutes à peine après avoir quitté les lieux parce que j'avais mangé trop vite.

Mais le plus souvent, un réceptionniste sourcilleux me demandait mes papiers.

– Mademoiselle, je n'ai pas le droit de louer à une mineure…

– J'ai quasiment dix-huit ans !

– Je ne veux pas le savoir. Qu'est-ce qui me dit que vous n'allez pas vous suicider là-haut, ou vous camer, ou recevoir un homme ?

– Vous me prenez pour une dingue ? une prostituée ?

– J'appelle la police, si vous préférez. Ils ont d'autres choses à faire en ce moment, mais je suis sûr qu'ils trouveront un peu de temps pour vous.

Et c'est comme cela que je me suis retrouvée à dormir dehors à plusieurs reprises, dans les jardins publics, avec la peur au ventre et ce froid qui mordait en plein printemps. Je sursautais au moindre bruit, mon cœur battait aussi fort que celui de Verlaine. Je changeais de banc trois fois par nuit quand j'entendais arriver des SDF ou des punks à chiens.

Je préférais, parfois, marcher toute la nuit, sans but, me cachant des patrouilles de police ou des fêtards éméchés, et dès que l'aube arrivait, je montais à nouveau dans le premier train ou le premier bus qui partait, peu importait la direction pourvu que le trajet dure deux ou trois heures et que je puisse un peu récupérer.

Pour me laver, il y avait les piscines et leurs douches : ça me permettait d'entretenir ma forme physique et de rester propre, ou à peu près. Quant à mon linge, j'ai connu le blues des laveries, le soir, qui se ressemblent toutes, éclairées au néon, peuplées de solitaires qui restent les yeux fixés sur le tambour des machines tournant à l'infini. Je pouvais, là aussi, piquer un petit roupillon à l'occasion.

Les laveries, par leur atmosphère d'aquarium mélancolique, me rappelaient cette exposition du peintre américain Edward Hopper que j'avais vue en classe de seconde au musée des Beaux-Arts de N. Presque tous les élèves avaient passé leur temps à faire des selfies devant les tableaux et il n'y avait qu'avec Karim que j'avais pu partager le sentiment de tristesse et de solitude mais aussi d'une certaine douceur qui se dégageait des peintures de Hopper.

De temps à autre, puisque je n'avais plus mon Mac et que mon téléphone était des plus basiques, j'entrais dans un cybercafé ou un magasin d'informatique pour consulter un ordi. Je tapais mon nom, l'officiel, Marie Le Vigan qui me semblait désormais appartenir à une étrangère et je fouillais sur tous les sites d'infos pour voir s'il n'était pas fait état de ma fugue ou de ma disparition.

Je ne trouvais rien.

Cela me renforçait dans l'idée que Le Vigan voulait à tout prix éviter le scandale. Il ne devait pas avoir pour autant renoncé à me retrouver si par hasard la mauvaise idée m'était venue de ressurgir au plus mauvais moment pour lui, pendant une campagne électorale par exemple. Il avait donc dû charger quelqu'un de me récupérer et je penchais sérieusement pour le Capitaine. En tout cas, ce dernier ne s'était pas encore manifesté, mais je restais sur mes gardes.

Et si j'en croyais les SMS d'Ombeline que je laissais toujours sans réponse, il avait déjà une version officielle toute prête, avec la complicité du docteur Duvert : j'étais devenue maboule après la mort de maman. Je les voyais déjà dire que ça n'avait rien d'étonnant, que j'avais hérité de ses mauvais gènes. Je l'imaginais d'ailleurs très bien, Le Vigan, se faisant plaindre face à la succession des malheurs familiaux qui l'accablaient : deux fois veuf et sa belle-fille chérie en clinique psychiatrique, interdite de visite…

Peu à peu, malgré tout, je me rapprochais de Merlicourt. Il y avait quelque chose d'ironique, voire d'absurde à espérer trouver là-bas quelqu'un que je ne connaissais pas, dans un endroit où, d'après ce qu'on en disait sur les sites Internet, les charges de police étaient presque quotidiennes, où des affrontements violents se déroulaient entre pinède et dunes, et débordaient jusque dans les rues de la petite station balnéaire.

Dans des instants de découragement, je me demandais si je n'avais pas quitté un cauchemar, celui de la Résidence, pour aller tomber dans un autre.

Mais non, je refusais de renoncer.

Jamais plus je ne pourrais retourner chez Le Vigan.

Je préférais mourir.

21

Et c'est bien ce qui a failli m'arriver le week-end des élections présidentielles qui devaient amener le Bloc Patriotique au pouvoir.

Même en avançant vers Merlicourt par des chemins de traverse, par des petites villes, par des rames de TER vides et par des bus ruraux qui étaient toujours en retard et me laissaient grelotter dans le froid, en restant à l'écart des grands centres, je sentais que tout le pays était dans l'attente des résultats électoraux. Je sentais aussi comme une atmosphère de catastrophe.

Les gens parlaient à voix basse, ils parlaient des attentats, des migrants toujours plus nombreux. On faisait vite le lien entre les deux, y compris dans les journaux et sur les sites d'infos, en accusant certains, parmi ces nouveaux arrivants, de poser les bombes ou de tirer au hasard sur la foule dans les transports en commun ou les magasins.

Les journaux que je voyais aux kiosques, les infos qui passaient en boucle sur les écrans plats des bistrots dans lesquels je m'efforçais de ne pas m'endormir derrière un sandwich ou un chocolat chaud ne parlaient que de ça et amplifiaient la psychose générale.

Depuis que j'étais passée au large de Paris, par la grande banlieue, j'avais vu se multiplier les bidonvilles dans les interstices de verdure laissés entre les rocades et les ponts d'autoroute, dans des friches industrielles, sur des pelouses de stades désaffectés. Il y avait là des Roms, mais aussi des migrants ou simplement des gens en rupture de ban qui s'étaient retrouvés au chômage, qui avaient perdu pied.

On voyait leurs installations de bric et de broc, sans la moindre hygiène. Il y avait des caravanes rouillées, des cabanes de branchages mal protégées par des bâches de plastique, des vieux mobil-homes posés sur des parpaings dont les vitres avaient été remplacées depuis belle lurette par du carton ou des planches mal jointes.

Les rares points de chaleur venaient de gros bidons coupés dans le sens de la largeur et transformés ainsi en braseros ou en barbecues. Des silhouettes indistinctes y faisaient griller je ne sais quoi. Le tout baignait dans une boue neigeuse où couraient des enfants qui trouvaient encore la force de s'amuser.

On avait une impression d'abandon, de désespoir. Il régnait souvent une odeur insupportable aux alentours, faute d'hygiène. Parfois on voyait à proximité un ou deux fourgons d'associations humanitaires, comme Médecins du monde, le Secours populaire ou Action contre la faim, autour desquels se pressait une foule implorante.

Égoïstement, j'avais peur.

Et si c'était ce genre de chose que j'allais trouver sur la ZAD de Merlicourt ? Je me suis prise, parfois, à regretter le confort de ma chambre. Oh, pas le confort glacé de la Résidence mais celui, plus chaleureux, de mon nid dans l'hôtel particulier de la rue Royale. J'invoquais les fantômes de Karim et maman pour m'aider mais leur image s'estompait et je me rendais compte que chaque journée de ma cavale comptait au centuple, comme si le temps s'était dilaté.

J'avais l'impression d'être sur la route depuis des années.

Je me suis mise à tousser et Verlaine lui-même semblait fondre, devenant encore plus maigre, si c'était possible. Il ne grignotait plus que quelques miettes de tranche de jambon et passait son temps à dormir contre moi.

Le samedi 15 mai, j'ai réussi à trouver un hôtel qui a bien voulu de moi, un peu après midi.

C'était aux abords de la gare de Noyon où j'étais descendue d'un TER. La fille à la réception était captivée par l'écran au-dessus de son guichet. La télé rediffusait le dernier meeting d'Agnès Dorgelles qui avait eu lieu la veille. Les sondages la donnaient gagnante avec un score écrasant. Elle serait notre présidente de la République la semaine prochaine. Je voyais un public surexcité reprendre en chœur : « On est chez nous, on est chez nous ! » et je me suis dit que ça devait jubiler à la Résidence ou dans le quartier Sainte-Ursule, à N.

La réceptionniste m'a donné la clef sans vraiment me regarder et elle ne m'a même pas demandé de régler d'avance. À regarder son visage extatique fixé sur l'écran où Agnès Dorgelles faisait des va-et-vient sur la scène devant un public en délire qui criait son nom en brandissant des drapeaux tricolores, j'ai compris que le lendemain, dimanche, cette femme voterait elle aussi pour le Bloc Patriotique.

La chambre était banale et donnait sur les voies ferrées de la gare de Noyon qui ressemblait à une villa anglo-normande de bord de mer.

J'ai pris un très long bain dans un silence seulement troublé, de loin en loin, par le bruit des TER. Je crois que je me suis endormie. Rien n'est plus calme qu'un petit hôtel dans une petite ville, un samedi après-midi.

Et puis mon téléphone portable a sonné. Ce n'était pas arrivé depuis des jours. Même le petit bip indiquant les SMS s'était arrêté. Ombeline avait dû renoncer ou on lui avait dit qu'il était inutile de m'écrire.

Je suis sortie de la baignoire, enveloppée dans une grande serviette éponge. Juste avant, j'avais entrevu mon reflet dans un miroir en pied. Malgré la buée, j'ai bien vu que j'avais maigri et que mon regard était encore plus cerné que d'habitude.

Le portable était posé à côté de Verlaine, sur le couvre-lit. Même avec la sonnerie et le vibreur, il ne bougeait pas, complètement léthargique, les côtes saillantes, et je me suis aperçue que, du côté de son œil manquant, ça suppurait un peu.

Le numéro était celui de Carlos Angers.

– *Macha ?*

– Oui ?

– *Tu vas bien ?*

– Autant que peut aller une fille sur la route dans un pays qui perd la tête.

– *Écoute, il y a quelqu'un qui te suit à la trace…*

J'ai été à peine surprise, je me suis assise sur le lit, j'ai caressé machinalement Verlaine. Il a gémi faiblement.

– Un type grand, baraqué, le crâne rasé, avec une gueule d'ancien para ? ai-je demandé.

– *C'est ça. Tu le connais ? On aurait dit un flic ou quelque chose de ce genre…*

– Non, pas vraiment. Il est remonté comment jusqu'au Centre ? Je n'étais pas sûre moi-même de me rendre là quand je me suis tirée de la Résidence.

– *J'ai ma petite idée. L'ordi cassé que tu m'as laissé, tu te souviens ? J'ai tripatouillé à l'intérieur après la visite de ce mec. Il y avait un mouchard dedans. Une balise, si tu veux. C'est lui qui l'a installée sans doute. Il a une gueule de barbouze… Mais c'est qui ce type ?*

– Je t'en ai parlé, c'est le Capitaine, le chef de la sécurité de la Résidence, un ancien militaire des Forces spéciales. Il avait l'air comment ?

– *C'est bizarre. Presque inquiet. Il a bien essayé de m'intimider pour savoir où tu étais, genre je gonfle mes biscoteaux, mais davantage à la manière d'un père que comme un flic. Tu comprends ?*

– Tu lui as dit ?

– *Non. Ça m'a valu un œil au beurre noir. Mais il n'a pas continué à me cogner. Le centre était plein de jeunes. Quand ils ont vu ce qui se passait, ils se sont mis à une dizaine sur son dos. Il s'en est débarrassé comme si c'était des moustiques, même le gros Kader qui fait pourtant de la boxe thaï. C'était assez impressionnant, je dois dire... Et puis il est parti quand j'ai menacé d'appeler les flics, ce qui est un comble de ma part ! Mais ça prouve aussi qu'il n'a pas envie qu'on le repère. Ça peut être un atout pour toi.*

– Je suis désolée que cette brute...

– T'inquiète, Macha. Prends plutôt garde à toi, surveille tes arrières. Ce qu'il a fait avec ton ordinateur, il a pu le faire avec ton téléphone portable.

– Merci, Carlos !

– De nada*, Macha. Et bonne chance pour la suite...*

– Ça devrait aller, je ne suis plus très loin de...

– Tais-toi, ma belle, a coupé sèchement Carlos. Pas de nom. Ni de lieux ni de personnes, surtout s'il a les moyens d'écouter tes communications, ton Capitaine. Ce n'est pas de la parano, Macha. Même s'il n'a pas envie de voir les flics rappliquer, ça n'empêche pas qu'il doit encore avoir les contacts qu'il faut chez les gens qu'il faut pour utiliser toutes les techniques de traçage et de surveillance.

– Alors tu ne peux pas me dire si celle à qui je pense t'a appelé pour te dire qu'elle était toujours à l'endroit où je cherche à me rendre.

Carlos a eu un petit rire

– Non, Camille n'a pas appelé.

– Camille ?

– Tout le monde s'appelle Camille sur les ZAD, c'est pour égarer la police et les journalistes...

Après la conversation avec Carlos Angers, je suis restée songeuse. J'ai regardé mon vieux téléphone portable à clapet rouge posé sur le couvre-lit blanc comme un ennemi, un virus...

J'ai contemplé le paysage par la fenêtre.

Il faisait gris sur Noyon, un de ces gris-blanc qui fait mal aux yeux, et j'ai mis des lunettes noires. J'ai changé de fringues, et le fait de me sentir propre m'a redonné le moral. J'ai laissé le sac à dos dans la chambre, mais pas l'argent que je gardais toujours sur moi. Et j'ai pris Verlaine, bien sûr, qui a miaulé presque douloureusement quand je l'ai glissé sous mon anorak.

Quand je suis descendue, la réceptionniste regardait toujours l'écran plat, hypnotisée par la chaîne d'infos qui diffusait toujours les mêmes images d'attentats auxquels on ne s'habituait pas.

Moi, en tout cas, moi, je ne m'y habituais pas.

J'ai fait le tour du quartier commerçant et ça a été rapide, à peine deux ou trois rues piétonnes. J'ai trouvé un vétérinaire et je suis entrée. Je suis passée presque tout de suite. C'était un vieux monsieur à l'air aimable, en blouse blanche. Il a tripoté Verlaine, lui a prescrit des antibiotiques en me disant que c'était un chat âgé mais que ça irait tout de même encore un peu.

Et puis il a eu cette phrase étrange en me regardant avec des yeux tristes :

– Vous avez raison de prendre soin de lui, mademoiselle. Par les temps qui courent, il n'y a guère plus que les animaux qui consolent.

J'ai réglé la consultation et les médicaments à la secrétaire. Elle a fait la moue quand elle a vu que je payais en liquide.

Dehors, j'ai fait avaler à Verlaine le premier cachet. Il n'a pas fait d'histoire. Je me suis acheté un sandwich, une bouteille d'eau et un éclair au chocolat. J'ai mangé, assise près de la cathédrale, sur un muret du cloître.

Elle devait avoir fière allure au soleil, cette cathédrale, mais là, avec cette lumière blafarde, elle avait plutôt mauvaise mine. Verlaine aussi a grignoté et je lui ai fait boire un peu d'eau dans la paume de ma main.

L'éclair au chocolat m'a un peu écœurée, je me sentais inquiète, lasse, et je repensais à la conversation avec Carlos Angers. J'ai eu envie de me débarrasser de mon téléphone portable mais j'espérais toujours un appel d'Émilie Ambricourt.

La pluie s'est remise à tomber, doucement, et j'ai décidé de rentrer dans ma chambre.

Évidemment, il était devant l'hôtel.

Je l'ai tout de suite reconnu.

22

Le Capitaine.

Il regardait la façade, les yeux levés vers les étages supérieurs, repérant sans doute les fenêtres allumées.

Il me tournait le dos.

Mais c'était bien lui.

La carrure large, la nuque épaisse, le crâne chauve sur lequel les gouttes de pluie rebondissaient comme lors de l'enterrement de maman.

Je n'ai même pas eu vraiment peur.

Je m'y attendais.

Je me suis demandé si par hasard je ne le souhaitais pas de manière inconsciente. Rejoindre les ZAD me semblait soudain un projet délirant, dangereux. J'ai pris la mesure de la fatigue accumulée depuis des mois, j'avais l'impression que je n'avais plus de blindage : la mort de Karim, celle de maman, la Résidence, mon errance dans cette France glacée de mai, hostile, en plein naufrage, mon sommeil de mauvaise qualité dans les hôtels minables, sur les bancs publics en évitant les SDF, les cars qui sentaient l'humidité et toussaient sur les routes désertes de la campagne.

Verlaine a miaulé, il avait sans doute senti mon cœur s'accélérer. Cela m'a ramenée à la réalité : quand le Capitaine s'est retourné, je me suis cachée à l'angle d'une avenue tout en ne le perdant pas de vue. Il a balayé du regard l'esplanade devant la gare, les passants, les voitures et les bus qui roulaient au pas dans la circulation d'un samedi après-midi.

Lui aussi portait des lunettes noires et cela m'a encore rappelé son attitude à l'enterrement de maman, ses paroles presque réconfortantes dans un tel contexte. Là, il avait un long imper beige, très ample, comme ceux que portaient les cow-boys dans les westerns italiens, et cela accentuait encore son allure massive.

J'étais coincée.

Je ne pouvais ni aller dans ma chambre ni me rendre à la gare pour trouver le lendemain, comme c'était mon intention initiale, un bus jusqu'à Amiens. D'Amiens, j'en aurais pris un autre jusqu'à Albert ou Arras avant d'obliquer vers Montreuil où je ne serais plus qu'à quelques kilomètres du littoral et de la ZAD de Merlicourt. J'aurais fini les derniers kilomètres avec un VTT que j'aurais acheté là-bas.

Mais maintenant, j'étais comme une idiote.

Mes affaires étaient restées dans ma chambre. J'avais de l'argent mais j'ai pensé au coffret aux reliques de maman, à l'exemplaire du *Roman inachevé* de Karim, deux choses que je ne pourrais pas remplacer.

Le Capitaine allait rester dans les parages, sûrement dans le 4 × 4 noir aux vitres fumées. J'ai remarqué, cependant, qu'on n'y trouvait pas les écussons de la Résidence.

Il était garé stratégiquement entre l'entrée de l'hôtel et le principal accès de la gare, pouvant surveiller les deux.

Je suis revenue vers le centre. La température baissait avec le soir qui venait et j'ai eu une vision de la chambre d'hôtel qui m'apparaissait soudain comme un paradis douillet.

Il allait falloir encore dormir dehors.

Il y avait la police partout, des CRS en tenue anti-émeutes patrouillaient.

J'entendais dire, par les gens que je croisais, que c'était à cause d'un convoi de migrants que Noyon devait accueillir. Des partisans du Bloc Patriotique et des bandes de skins avaient l'intention de leur interdire l'accès aux bâtiments de l'école de musique qui avaient été réquisitionnés d'urgence.

– Ils font comme s'ils étaient déjà au pouvoir, le Bloc, a dit un jeune homme qui commandait un kebab.

Il s'adressait à sa copine, une rousse aux cheveux nattés qui lui a répondu tristement :

– Ils y seront demain soir.

J'ai à mon tour commandé un kebab, et la fille rousse a croisé mon regard. Elle avait un peu plus que mon âge, dix-neuf ou vingt ans peut-être. J'ai pensé un instant qu'elle voulait me dire quelque chose mais je crois que ce n'était pas la peine. Nos regards disaient tout. Elle et moi, nous nous étions comprises : les temps qui venaient allaient être difficiles, encore plus difficiles.

On a mangé nos kebabs à l'abri de l'auvent, l'une à côté de l'autre. Son copain était là aussi. Il frissonnait sous son mince blouson de toile et essuyait périodiquement ses lunettes à cause de la pluie. Ce n'était pas pratique, entre son kebab, ses lunettes et la serviette pleine de sauce samouraï.

On en a rigolé toutes les deux.

Qu'est-elle devenue, la jeune fille rousse de Noyon, ce samedi soir de mai, il y a plus de quatre-vingt-dix ans ?

A-t-elle disparu dans le monde de la Fin, a-t-elle avec son copain rallié une ZAD ou une communauté ?

Ses descendants sont-ils nombreux ? Ils font peut-être partie des Cueilleurs d'histoires qui m'écoutent depuis bientôt six semaines à la Maison Commune ?

Toujours est-il, alors qu'elle chiffonnait l'emballage du sandwich, qu'elle m'a dit :

– Il y a longtemps que tu es en galère ?

– J'en ai tellement l'air ?

– Non, mais j'ai l'œil. T'as l'air crevée surtout, clean mais crevée. Et angoissée. Je m'appelle Aude, sinon.

– Et moi, Macha.

– Tu veux venir avec nous ? On va à un concert de soutien aux migrants avec Simon.

Elle a désigné son copain d'un geste et il m'a fait un coucou timide.

J'ai dit :

– Pourquoi pas ?

On a commencé à marcher sous la pluie. Il faisait presque nuit.

– C'est loin ?

– Non, a répondu Simon, c'est près du canal, sur la route qui va à Saint-Quentin. Mais ne t'inquiète pas, j'ai une bagnole. Pas toute jeune, mais elle roule.

J'ai remarqué qu'il zozotait un peu et comme il avait retiré ses lunettes pour éviter qu'elles ne soient mouillées par la pluie, il avait un air égaré, lunaire.

– On est un peu en avance, on pourrait passer au Fakir avant ! a dit Aude

– Bonne idée…

Le Fakir était un bar associatif aux murs couverts d'affiches pour des concerts de groupes que je ne connaissais pas, d'appels pour des manifs diverses. Sur des tables, on trouvait plein de fanzines ou de tracts dont les sujets n'auraient pas été très bien vus du côté de la Résidence ou du quartier Sainte-Ursule : comment se comporter quand on était arrêté par la police, une liste d'avocats à contacter en cas de garde à vue, comment se protéger des coups ou des gaz lacrymos, des bulletins d'infos qui venaient de différentes ZAD ou squats de France…

Mon cœur a battu plus vite quand j'en ai vu un qui concernait Merlicourt, mais tous les articles étaient signés Camille, ceux qui parlaient des affrontements avec la police comme ceux qui décrivaient l'installation d'une cuisine collective dans un bâtiment abandonné de la pinède ou le compte rendu d'assemblées sur la conduite à tenir.

Rien qui ne pouvait m'indiquer la présence d'Émilie Ambricourt, par exemple.

Simon, les lunettes couvertes de buée, a rapporté trois bières depuis le bar en se faufilant entre les gens.

– Tu t'intéresses à Merlicourt, Macha ? a demandé Aude.

– Oui, c'est là que je vais.

– Tu as raison, il s'y passe des choses intéressantes mais ça chauffe. Tu me diras, ça chauffe partout. Je te préviens, ça risque aussi de chauffer au concert... Tu sais où dormir après ?

– Pas trop, mais j'ai de l'argent.

J'ai trempé mes lèvres dans la bière. Elle m'a semblé amère comme les larmes, mais son goût ne m'a pas déplu et la chaleur au creux de l'estomac non plus.

– L'argent n'est pas un problème, Macha, pas pour nous, plus pour nous. Tu pourras venir à la maison si tu veux. Tu as quel âge ?

– Dix-huit ans demain...

Aude et Simon ont souri :

– Ça se fête !

Et Aude, dans un éclair roux, s'est levée et a crié en couvrant le brouhaha :

– On a ici une copine qui va avoir dix-huit ans !

La clameur a retenti dans la salle du bar, tout le monde a entonné *happy birthday to you* en chantant très faux, jusqu'à ce qu'un air de guitare rock, au son saturé, venant de la chaîne derrière le bar, reprenne la mélodie et que tout le monde applaudisse :

– C'est les Guns N' Roses, tu as reconnu ?

– Pas vraiment, j'ai dit.

Je ne savais plus où me mettre. Même si je n'avais pas le teint de Révo ou de Nausicaa, je me suis mise à sentir que mes joues chauffaient. Mais peut-être était-ce à cause de la bière. Je n'avais pas l'habitude.

J'ai eu pour la première fois, depuis mon évasion de la Résidence, le sentiment d'être en sécurité au Fakir.

Les jeunes autour de moi, avec leurs tatouages, leurs piercings, leurs coiffures colorées, leurs fringues ethniques ou leurs tenues de métaleux, étaient infiniment plus rassurants que ceux au look BCBG de Sainte-Ursule ou même ceux que je croisais dans les rues et qui portaient une forme de résignation sur leur visage. Et j'ai repensé au *Village des damnés*.

Je savais que le Capitaine était dans les parages, je savais que le Bloc Patriotique allait gagner les élections, mais là, le temps était comme suspendu. J'ai continué à parler avec Aude et Simon, malgré le brouhaha.

Je crois bien que j'ai encore bu une ou deux bières, j'avais besoin de cette chaleur, de cette détente, et elle semblait aussi convenir à Verlaine à qui j'avais fait gober son antibiotique sous le sourire amusé du barman, un type immense, en marcel, avec des pectoraux à faire peur et des tatouages maoris recouvrant tous ses bras.

À un moment, on est partis pour le concert et on s'est retrouvés à six dans la vieille Twingo de Simon. Le concert se tenait dans un hangar qui avait dû servir autrefois de night-club, au fond d'une zone commerciale sinistre et, comme l'avait dit Simon, près d'un canal, sur la route de Noyon à Saint-Quentin.

Entre des groupes aux noms que je ne connaissais pas, Adaptatsia, Soshu ou Nipper Creek, il y avait des prises de parole. Des garçons et des filles montaient sur scène et rappelaient que le concert était organisé en soutien aux migrants et que l'on pouvait donner ce qu'on voulait.

Ils appelaient aussi à des manifs dans toutes les grandes villes en cas de victoire du Bloc Patriotique le lendemain soir. On témoignait d'expériences diverses, comme la vie dans des squats d'artistes et dans les ZAD. J'ai prêté l'oreille, si tant est que cela ait été possible, dans un tel bruit.

Et puis, il y a eu cette fille très grande, très fine, blonde aux yeux presque gris, qui a rougi légèrement en prenant le micro. Elle a commencé à parler de Merlicourt, ce qui m'a intéressée, et elle l'a fait avec un accent scandinave, ce qui m'a encore plus intéressée. C'était certainement cette copine d'Émilie Ambricourt dont on m'avait parlé, notamment Carlos Angers.

Clara. Une Scandinave…

Il fallait que je lui parle. Dès que je l'ai vue redescendre de la scène, j'ai joué des coudes alors que j'entendais Aude et Simon me dire :

– Où tu vas, Macha ?

– Il faut que je parle à cette fille.

– OK. On se retrouve à la sortie du concert si tu ne sais pas où dormir ?

– Merci.

Je suis arrivée près de la blonde longiligne.

Un autre groupe avait pris le relais sur scène et j'ai dû hurler :

– Clara ?

Elle s'est retournée, m'a regardée :

– Oui, et toi ?

– Macha. Macha Patrikios. Je peux vous parler ?

– Tu peux me tutoyer, tu sais…

Je devais avoir l'air à la fois inquiète et pleine d'espoir. Elle m'a regardée de haut en bas puis elle m'a fait signe qu'on n'entendait rien et elle m'a indiqué la direction de la sortie.

Dehors, malgré la musique et les cris à l'intérieur, le silence était presque palpable. Il y avait quelques fumeurs et fumeuses, et d'autres qui buvaient des canettes de Coca ou de bière. Il faisait frisquet mais il ne pleuvait plus, et les bâtiments de la zone commerciale nous cernaient de leurs silhouettes massives. J'avais l'impression, aussi, de sentir dans l'obscurité l'odeur d'eau du canal tout proche.

Sous mon anorak, Verlaine a miaulé.

– Tu as un chat avec toi ? a demandé Clara en souriant. Il aime les concerts ?

Elle était vraiment belle, avec ses longs cheveux blonds, ses yeux gris, son teint clair.

– Je veux repartir avec toi à Merlicourt... Sur la ZAD...

– Pourquoi ?

– Je ne veux plus vivre comme ça.

– Tu as quel âge, Macha ?

J'ai regardé ma montre. Il était minuit pile. J'y ai vu comme un signe.

– Dix-huit ans, depuis quelques secondes.

Elle a souri, encore une fois. Mais j'ai remarqué une certaine tristesse dans son regard. Dix-huit ans, comme elle me le raconterait plus tard, c'était l'âge où elle avait commencé à se remettre de la tuerie de Clamarnic.

Cela lui rappelait des souvenirs pas évidents, même si c'était six ans plus tôt.

J'ai ajouté :

– Tu es l'amie d'Émilie, Émilie Ambricourt ?

– Tu la connais ?

– Pas vraiment.

Et j'ai commencé à lui raconter mon histoire.

Mais je n'ai pas pu la terminer.

Parce que l'enfer s'est déclenché.

23

Ils sont arrivés d'un seul coup.

Ils étaient peut-être cinquante ou soixante, en moto.

Des types en bombers, certains le crâne rasé, d'autres portant des casques. Ils avaient des manches de pioche cloutés, des chaînes de vélo, des barres de fer, des battes de base-ball.

Ils ont surgi de tous les côtés à la fois.

Du canal, des hangars de la zone commerciale, de la route qui allait de Noyon à Saint-Quentin. Leurs motos rugissaient et déjà certains descendaient des porte-bagages et mettaient pied à terre.

Il y a eu un cri de terreur chez ceux qui se trouvaient dehors, et Clara m'a repoussée à l'intérieur de la salle de concert, mais j'avais eu le temps de voir une silhouette s'effondrer d'un seul coup après avoir été frappée par deux agresseurs en même temps.

– On est attaqués ! a hurlé Clara, mais elle n'a pas été entendue et les assaillants sont entrés à leur tour.

J'en ai entrevu un, immense, avec une croix gammée tatouée sur un avant-bras épais comme un jambon.

Il a croisé mon regard, a eu un rictus carnassier dévoilant un étrange dentier en acier, comme un monstrueux appareil d'orthodontie. Mais un spectateur s'est jeté sur lui. Je n'ai pas vu la suite, emportée par un mouvement de foule.

La panique était totale.

J'ai fui vers la scène sans trop savoir pourquoi. J'ai aperçu Simon, à terre, les lunettes brisées, en boule, sur qui s'acharnaient déjà trois types avec des matraques.

Je ne voyais plus ni Aude ni Clara.

La musique s'était arrêtée, mais le bruit qu'on entendait était pire, bien pire. Il y avait seulement le son écœurant des coups, les gémissements de douleur, les insultes qui fusaient.

Et, en arrière-fond, le bruit de moteur des motos que leurs cavaliers faisaient rugir.

Je suis ressortie par l'arrière, avec un jeune garçon qui boitillait. Je l'ai aidé en le soutenant, son bras autour de mon cou, sans savoir où je trouvais la force de le faire, et on a avancé dans la nuit :

– Ce sont les fachos ! a-t-il murmuré, essoufflé. Ils n'attendent même pas la victoire du Bloc. La plupart viennent d'un club de bikers de Chauny. On les connaît… Ils sont défoncés aux amphètes… Putain, j'ai mal à la cuisse, j'ai reçu un coup de couteau. Il faut se planquer…

C'était plus facile à dire qu'à faire.

On devinait partout des groupes qui s'affrontaient, mais la lutte était inégale. Les rares lampadaires au néon montraient des scènes dans toute leur violence : une moto est passée au ralenti et le pilote a saisi une fille au hasard par les cheveux et l'a traînée sur plusieurs mètres. Un garçon aveuglé par le sang coulant de son front avançait en titubant.

Autant de visages ensanglantés qui me poursuivent encore aujourd'hui et qui réapparaissent avec une précision incroyable, d'autant plus que je me sens obligée de raconter chaque détail pour en finir avec les Cueilleurs d'histoires.

Tout en soutenant mon compagnon, j'ai cherché des yeux Clara ou Aude, mais en vain.

– Il faut aller vers la route, a gémi le garçon. Arrêter une voiture…

C'est alors qu'est apparu devant nous le type à la mâchoire en acier et au tatouage néonazi.

Il y en avait quatre autres avec lui...

– Tiens, tiens, tiens, je t'ai déjà repérée, toi, la petite Rom. On va te faire ta fête. Lâche ton copain, il est déjà à moitié mort, tandis que toi tu as l'air assez appétissante dans le genre petite gauchiste amoureuse des migrants. Pourquoi tu préfères pas les Blancs, hein ? Tu vas voir, on va te convaincre...

Et lui et ses quatre potes tout aussi abjects se sont mis à rigoler.

Je me suis dit que ma route s'arrêtait là.

Que c'était trop bête.

Je n'avais même plus peur, je ressentais seulement une immense lassitude.

Et dire que j'avais été si près du but en rencontrant Clara... Clara qui aurait pu m'emmener à Merlicourt !

Mais où était-elle dans toute cette cohue ? Blessée, ou pire...

Soudain, j'ai entendu le rugissement d'un moteur et j'ai été éblouie, tout comme les skins, par un 4 × 4 noir, pleins phares, qui s'est interposé entre eux et moi dans un dérapage contrôlé impeccable.

Une porte s'est ouverte, puis a claqué.

J'ai reconnu, à contre-jour, la silhouette du Capitaine qui se découpait dans la lumière aveuglante.

– Qu'est-ce que tu veux, le vieux ? a dit le skin.

D'autres ont rappliqué, ils étaient maintenant au moins une petite dizaine, dont deux groupes de deux sur des motos.

Le garçon que je soutenais m'a échappé, il a gémi en tombant doucement sur le gazon.

Autour de nous, le chaos continuait.

– Je veux la fille... a dit le Capitaine, très calmement.

– Et en quel honneur ?

– Ça ne te regarde pas, tire-toi avec tes gars. En plus, les flics ne vont plus tarder. Reprenez vos motos avant que je m'énerve.

Il y a eu des rires chez les skins. Ceux qui étaient en moto ont poussé leur moteur dans les aigus.

– Tu rigoles, papy ! Les flics, s'ils devaient intervenir, ils seraient déjà là, tu crois pas ? Mais tant qu'on s'en prend aux gauchos, ils s'en foutent... Alors, c'est toi qui vas remonter dans ton beau 4 × 4 et te casser d'ici. Ces deux-là sont à nous ! a dit le tatoué aux dents d'acier.

– Je ne crois pas.

– Tant pis pour toi, le vioc...

Tout a été très vite.

J'ai eu l'impression, malgré les craquements d'os, les hurlements de douleur et le bruit des moteurs, d'assister à un ballet.

Oui, alors qu'une dizaine de skins et deux motos ont foncé sur le Capitaine simultanément, on aurait dit que celui-ci commençait une danse.

Il a d'abord tendu les bras et une matraque télescopique est apparue dans chacune de ses mains, comme s'il disposait soudain d'organes supplémentaires.

Et puis il s'est mis à se déplacer avec une légèreté incroyable qui contrastait avec sa masse au milieu du groupe qui l'encerclait.

Il multipliait les feintes, évitait les battes, les manches de pioche, les couteaux. Il toréait avec les motos, donnant l'impression d'une souplesse surprenante, et chaque coup qu'il portait atteignait son but : un skin se retrouvait à terre, un motard était désarçonné et restait la jambe coincée sous son engin couché comme un cheval blessé.

Ses matraques sifflaient dans l'air nocturne, et mes yeux fatigués, aveuglés par la lumière des phares, me donnaient l'impression que le Capitaine avait un serpent au bout de chaque main, comme une créature mythologique...

Quand il a eu fracassé la tête de « Dents d'acier », les trois skins qui étaient encore debout ont pris la fuite et sont allés s'en prendre à des cibles plus faciles.

Le Capitaine a eu un geste sec des deux mains, et les matraques télescopiques ont semblé rentrer dans les manches de son imper. Il s'est tourné vers moi :

– On dirait que je suis arrivé à temps, Marie-Macha... Monte !

Il a désigné la portière ouverte.

– Pas question, Capitaine...

Il a soupiré :

– Tu veux que je te laisse avec les bikers ? Ils vont se montrer d'une grande tendresse avec toi... Allez, monte !

– Et lui ?

J'ai désigné mon compagnon allongé.

– Tu le connais ?

– Non.

– Alors, viens !

– Quand je pense que vous vous êtes toujours vanté d'avoir fait partie des Forces spéciales... L'honneur du soldat d'élite, on ne laisse personne sur le terrain, même les blessés... Tout ça, c'était des conneries !

– Des fois, j'ai envie de te flanquer une bonne fessée, Marie-Macha !

– Vieux pervers...

Le Capitaine a paru vouloir dire quelque chose, puis il s'est dirigé vers le garçon allongé. Un skin est passé à sa portée, encore un qui ne devait pas savoir à qui il avait affaire et qui a tenté de l'attaquer.

Le Capitaine s'est contenté de le repousser du plat de la main, mais tellement fort que la tête du skin a heurté le pare-chocs du 4 × 4 et qu'il est tombé comme une poupée de chiffon.

Ensuite, le Capitaine s'est accroupi près du garçon blessé, a examiné sa cuisse, a sorti un mouchoir et a fait un garrot. Puis il l'a pris sur son épaule et l'a ramené vers le 4 × 4.

– Ouvre la porte arrière si tu veux que je le dépose aux urgences.

J'ai obéi.

Le Capitaine est reparti vers la route, slalomant entre des motards qui balançaient des coups de pied dans la carrosserie.

À l'occasion, d'un coup de volant, il en faisait valdinguer un.

Le garçon, sur le siège arrière, gémissait à chaque cahot ou manœuvre un peu brusque.

– Essaie de pas tacher les sièges, mec…

Le Capitaine avait l'air d'avoir étudié le plan de la ville. On aurait dit qu'il était gravé dans sa tête. Il n'a pas hésité une seconde à trouver l'itinéraire.

On a déposé le blessé aux urgences de l'hôpital de Noyon. Les formalités d'admission ont été abrégées quand il a montré une carte tricolore à l'interne de garde et aux infirmières. J'ai pensé à un moment à demander moi aussi d'être admise aux urgences pour lui échapper, mais ça n'aurait été que partie remise.

Il n'allait plus me lâcher.

Il était près de deux heures du matin quand le Capitaine et moi sommes remontés dans le 4 × 4.

On a roulé jusqu'à mon hôtel dans Noyon déserte.

Le Capitaine a allumé la radio.

Partout en France, des incidents similaires avaient eu lieu ce soir-là. Des manifestations de protestation, des concerts, des réunions publiques en soutien aux migrants qui continuaient à affluer ou pour mettre en garde les gens contre la victoire imminente du Bloc Patriotique à l'élection présidentielle avaient été attaqués par des bandes d'extrême droite.

On parlait de nombreux morts...

Le Bloc Patriotique disait qu'il n'y était pour rien, qu'il n'avait rien à voir avec ces voyous et dénonçait une tentative de déstabilisation.

– Sympas, vos copains, Capitaine...

Verlaine a pointé sa tête.

Le Capitaine a eu l'air encore plus décontenancé par cette apparition que par ma remarque.

Il s'est garé devant l'hôtel. Il a soupiré :

– Ce ne sont pas mes copains, Marie-Macha. Ou plus. Je ne crois pas qu'ils puissent ralentir quoi que ce soit, et je n'aime pas leurs méthodes. Je suis un soldat, pas un nervi ou un garde-chiourme. Moi, j'ai une mission, confiée par ton père, c'est de te ramener à la Résidence. Sois gentille, ne fais pas d'histoires.

– Je ne retournerai jamais dans votre prison dorée. J'étouffe. Et Le Vigan n'est pas mon père. Cette ordure a littéralement tué ma mère par son comportement. Et puis je n'ai plus aucune raison de retourner à N. depuis que...

– Depuis que Karim est mort ?

J'ai senti la surprise m'envahir alors que les larmes me submergeaient :

– Comment vous savez ça, vous ?

– De la même manière que j'ai pu te suivre à la trace. Le Vigan m'avait demandé de mettre un mouchard sur ton ordinateur portable parce qu'il te sentait prête à faire n'importe quoi. J'ai tout su de ta vie, depuis un bout de temps...

– C'est dégueulasse.

– Je suis assez d'accord avec toi.

– Pourquoi vous avez fait ça ?

– Parce que, sur le coup, j'ai trouvé ça juste : c'était un moyen de te protéger.

– De me violer, oui ! De violer tous mes secrets !

Le Capitaine s’est tu.

Dans le clair-obscur, son visage apparaissait à intervalles réguliers, éclairé par l’enseigne lumineuse de l’hôtel qui clignotait.

– Je regrette, Macha, je regrette. Ce n’était pas très glorieux.

Il y avait dans sa voix une sincérité presque douloureuse.

S’il jouait la comédie, il la jouait très bien, vraiment très bien. Et puis il s’était enfin décidé à choisir le seul prénom que je me reconnaissais.

Il a continué :

– Ce mouchard dans ton ordinateur, c’est lui qui m’a permis de te suivre jusqu’au centre social. J’ai un peu bousculé ce Carlos Angers puisque la piste s’arrêtait là. Après, il y a eu ton téléphone. J’ai encore de bons contacts dans l’armée et le renseignement pour obtenir les rapports des balises et des relais. Je n’ai jamais été très loin derrière toi, même si tu as été très habile dans ta cavale, notamment en ne répondant pas aux SMS d’Ombeline ou en évoluant dans les campagnes comme tu l’as fait, parce qu’il y a beaucoup de zones blanches, sans réseau pour les portables. Mais on a aussi les moyens de tracer quelqu’un même s’il n’utilise pas son téléphone. Il émet de toute façon un signal. Non, ce n'était pas très glorieux, tu as raison. Je n'ai pas aimé ce boulot.

– Alors, laissez-moi partir. En plus je viens d'avoir dix-huit ans. Vous n'avez pas le droit… Je vais vous rendre la vie impossible. Je vais ameuter la population à chacune de vos haltes, je vais hurler que vous m'avez kidnappée, que vous êtes un violeur.

– Le droit, tu parles, Macha ! Là, maintenant, je peux appuyer sur n'importe quel point de ton corps et te faire dormir jusqu'à ce qu'on arrive à N. et à la Résidence. Là-bas, tu te débrouilleras avec ton père.

– Le Vigan n'est pas mon père, arrêtez avec ça. Mais c'est bizarre, ce que vous venez de dire. C'est comme si vous n'alliez plus vivre à la Résidence.

– C'est le cas. Pour tout te dire, moi aussi, je trouve ça irrespirable. J'y ai cru au début mais je me vois mal rester avec ces bourgeois au cul serré le reste de ma vie. Encore une fois, je suis un guerrier, pas un gardien de camp.

– Alors vous allez me ramener là-bas et vous enfuir vous-même juste après ?

Il s'est tu, presque gêné.

– J'ai organisé leur défense. Je leur ai laissé des hommes bien formés. J'ai fait mon boulot.

Des sirènes de police se sont fait entendre dans la nuit. Ils se décidaient enfin à réagir.

– Ça n’a aucun sens… ai-je insisté.

Et Verlaine a miaulé, comme pour enfoncer le clou.

– C’était bien la peine de me tirer des griffes des skins si c’est pour me condamner à une mort lente, comme ma mère, au milieu des Le Vigan et de leurs semblables. Comment avez-vous pu vous acoquiner avec des gens comme ça ? Ils sont lâches à mourir, et puis bêtes aussi…

J’ai vu les mains du Capitaine, des mains puissantes comme des battoirs, avec des cicatrices plus ou moins récentes mais aux ongles impeccables, se serrer sur le volant au point que les articulations ont blanchi.

– Tu m’emmerdes, Macha… Tu crois que tu seras en sécurité dans une ZAD, avec tes pouilleux ? C’est pas des tendres qui vont arriver au pouvoir demain ! Ils vont vous envoyer des flics tout le temps, peut-être même l’armée… Si ça se trouve, ils leur donneront même la permission de tirer.

– Mais je…

– Tais-toi, Macha. On va aller chercher tes affaires dans la chambre et je te ramène à la Résidence.

– Vous ne croyez même pas ce que vous dites, Capitaine… Si c’est une question de pognon, je vous donne ce que j’ai. Je ne sais pas combien vous a promis Le Vigan mais il doit me rester un peu plus de 3 000 euros… en liquide…

– Là, Macha, tu me donnes vraiment envie de te filer une gifle ! Tu crois que...

– Je ne crois rien du tout, Capitaine. Je sais que vous êtes complètement paumé derrière vos grands airs de baroudeur ! On vous a lancé sur mes traces pour éviter le scandale mais vous, vous avez surtout cherché à me protéger. Ça date de la première fois où je vous ai vu chez Le Vigan, rue Royale, quand vous avez fait votre expert prétentieux pour présenter la Résidence alors que j'étais dévastée par la mort de Karim et que je ne pouvais rien dire. Et puis il y a eu les séances de piscine où vous étiez toujours là. Qu'est-ce que vous me voulez, à la fin ? Vous n'en savez rien vous-même, c'est ça ? Vous hésitez entre le père et l'amant, c'est ça ? Entre coucher avec moi ou venir me border le soir ? Je vous préviens tout de suite que je n'ai besoin ni de l'un ni de l'autre...

Ce coup-ci, la gifle est partie, et ma tête a heurté la vitre côté passager.

J'ai senti un goût de sang dans ma bouche et je me suis mise à pleurer.

C'était trop, cette brutasse qui me frappait après les scènes de violence que je venais de voir au concert, la perspective de rentrer à la Résidence, la ZAD qui n'avait jamais été si proche et qui allait m'échapper.

J'ai pleuré à gros sanglots, mon visage dans les mains, j'ai pleuré comme je n'avais jamais pleuré, ça ne s'arrêtait plus.

Verlaine a miaulé une nouvelle fois et pointé sa petite tête borgne à l'échancrure de mon anorak, ce qui n'a pas arrangé les choses.

Le Capitaine a passé la main dans mes cheveux, ma tignasse brune de Gitane. Je l'ai laissé faire. Il a murmuré des choses, mais je pleurais trop fort pour les entendre. Je sentais pourtant que le ton était à la fois désolé et consolant.

– Arrête, Macha, arrête, s'il te plaît...

Je me suis calmée peu à peu.

– Vous m'avez fait mal.

– Je suis désolé.

– C'est quoi votre problème avec moi, sérieusement, je veux dire...

Dehors, la neige s'était mise à tomber.

Un 16 mai...

Il était deux heures du matin et il commençait à faire froid dans le 4 × 4. Comme s'il avait lu dans mes pensées, le Capitaine a monté le chauffage.

– Je n'ai pas de problème, Macha. Qu'est-ce que je pourrais te dire que tu n'aies pas déjà deviné dans ta petite tête bien faite ? Tu hésites entre plusieurs hypothèses mais en gros tu commences à te dire que soit tu me rappelles un amour de jeunesse, soit tu pourrais avoir l'âge d'une fille que je n'ai jamais eue ou que j'aurais perdue. Tu écartes de plus en plus l'idée que je sois banalement amoureux et tu as raison : trente-cinq ans d'écart, ce serait ridicule, et je déteste le ridicule.

– J'ai dix-huit ans aujourd'hui… ai-je dit en me mouchant bruyamment.

– Tiens, c'est vrai. Bon anniversaire, Macha. Je n'ai pas prévu de cadeau. Tu me pardonneras mais tout s'est un peu précipité…

– J'ai bien une idée…

– Attends, laisse-moi deviner, t'emmener sur ta ZAD, à Merlicourt…

– Vous voyez, quand vous voulez…

Le Capitaine a regardé la neige de mai qui tombait dans la nuit.

– Les routes vont être dangereuses…

– Avec l'engin que vous pilotez, vous n'allez pas me dire que vous avez peur, un grand garçon comme vous ?

Il y a eu un long, un très long silence dans la nuit de Noyon.

Je pouvais presque deviner le cours de ses pensées. Je ne voulais pas crier victoire trop tôt, j'ai laissé le temps passer dans l'habitacle cerné par l'obscurité froide, mais finalement, j'ai été à peine surprise quand il a soupiré et a dit :

– Va vite chercher tes affaires avant que je ne change d'avis…

Et je n'ai pas pu m'empêcher de l'embrasser et de le serrer contre moi, longtemps, longtemps.

Épilogue

Et la Douceur, pour toujours…

C'est donc le dernier soir que je me trouve en face de vous, Cueilleurs d'histoires. Je ne vous cache pas que je suis assez heureuse d'être arrivée au terme de ce voyage dans le monde de la Fin. La suite, ce que j'ai vécu sur les ZAD, vous le trouverez aisément dans les Arbres-Bibliothèques : c'est un passé qui est commun à tous ceux qui ont choisi à cette époque-là de vivre autrement. Et mon histoire, celle de Macha Patrikios, se fond dans une histoire qui nous appartient à tous.

Que pourrais-je vous raconter de plus ? Les raisons du revirement du Capitaine ? Je ne les ai jamais vraiment comprises. Je ne suis pas certaine non plus que lui le savait. Il devait avoir réfléchi sous un angle nouveau à sa vie, à ce monde autour de lui qui changeait comme il l'avait prévu sans que cela le réjouisse, bien au contraire.

Et puis quelle importance ? C'était il y a quatre vingt-dix ans et la seule chose que j'ai apprise, notamment avec le Capitaine, c'est qu'il n'y avait pas les bons d'un côté et les méchants de l'autre. Qu'il suffisait de peu de choses dans le monde de la Fin pour qu'un salaud devienne un héros et le contraire aussi.

Simple question de circonstances.

Toujours est-il que nous sommes arrivés à Merlicourt, le Capitaine et moi, le dimanche 16 mai en fin de matinée.

Le jour de mes dix-huit ans.

Le Capitaine s'est garé en ville, il faisait un froid polaire, la mer était grise et la neige avait enveloppé les ruines des blockhaus sur la plage, ceux que vous avez transformés comme me l'a montré Hilo il y a quelques jours en lieux d'exposition pour les œuvres produites lors des Joutes.

Le Capitaine m'a fait passer les barrages de police à pied, en sortant sa carte. Les CRS et les gendarmes mobiles avaient l'air tendus. De la buée sortait de leur bouche. Ils avaient dû veiller toute la nuit par ce temps sibérien.

On est arrivés sur la ZAD qui occupait en ce temps-là à peu près la superficie de la pinède où je loge actuellement et le village de yourtes qui se trouve sur les dunes.

On a été accueillis avec méfiance à la première barricade constituée de pelleteuses, de bidons, de troncs d'arbres. Des écriteaux annonçaient clairement la couleur et parlaient de résistance, de zone libérée, et invitaient en termes très crus la police, les promoteurs, l'État à aller se faire voir ailleurs.

– Qu'est-ce que vous voulez ? m'a demandé un jeune type avec un casque de mobylette et un foulard sur le visage.

Il grelottait à moitié...

– Je veux voir Émilie Ambricourt. Ou Clara Pitiksen.

– Connais pas. Vous êtes flics, journalistes ?

– J'ai une tête de journaliste ?

– Pas vraiment. Mais le gorille qui t'accompagne, je ne jurerais pas qu'il n'est pas flic.

– Tu sais ce qu'il te dit, le gorille, a dit le Capitaine avec un calme que j'ai trouvé inquiétant.

– Non, et je m'en fous...

– Il te dit que vous avez construit votre barricade comme des nuls. Pire, comme des amateurs. Je suis sûr que vous vous êtes retrouvés débordés lors des dernières charges, encerclés mêmes.

Le Capitaine avait marqué un point : le garçon a baissé son foulard et il a sifflé entre ses dents.

Trois autres zadistes sont arrivés.

– Le mec avec sa gueule de para, là, il dit que notre barricade est nulle…

– Oui, a dit le Capitaine très calmement. Les flics vous contournent en passant par la pinède, par là, et par les dunes de l'autre côté. Et ils vous prennent à revers à chaque fois.

– Et tu vois une autre solution, camarade ?

– Il n'y a pas de solutions parfaites. Mais vous pourriez avoir des types dans les pins, là-haut, avec des frondes qui ralentiraient la progression. Pas de cocktails Molotov : même avec la neige, vous pourriez mettre le feu aux arbres et vous retrouver pris au piège. Et construisez une autre barricade de ce côté-là, au moins sur le premier chemin qui sort de la forêt, là aussi en la faisant couvrir par d'autres tireurs. Pareil du côté des yourtes. À défaut de pouvoir les protéger avec vos barricades, il faut creuser des trous dans le sable. Des genres de pièges, de chausse-trappes. Et puis, creusez aussi des trous plus profonds pour vous enterrer et ce sera à votre tour de prendre les flics à revers…

– Tu t'appelles comment ?

– Appelez-moi Capitaine, ça suffira.

– Les grades, c'est pas trop notre truc.

– Alors ne m'appelez pas…

– Qu'est-ce que vous voulez, toi et ta fille…

– Je suis pas sa fille !

– Sa petite amie, alors...

Ça a rigolé chez les défenseurs de la barricade...

– Je m'appelle Macha. Je vous croyais moins bêtes sur les ZAD, j'ai dit.

Ça les a fait taire. Ils ont même eu l'air gênés.

– Bon, OK, excuse-nous. Qu'est-ce que vous voulez ?

– Je te l'ai déjà dit... Voir Émilie Ambricourt ou Clara Pitiksen...

Ils ont eu l'air de réfléchir, ils se sont parlé à voix basse, en nous jetant des regards de temps à autre.

Je me suis aperçue à quel point ils étaient jeunes. Tous.

– OK, on vous emmène.

On a retrouvé celles qui allaient devenir mes amies sous une yourte. Elles buvaient du thé en tapotant sur des ordinateurs. Elles les avaient rechargés la veille au soir dans une villa dont les habitants, comme beaucoup d'autres à Merlicourt, soutenaient l'action des zadistes car si le projet immobilier se réalisait, ils n'auraient plus de villa...

On a fait les présentations.

Clara m'a reconnue et m'a dit qu'elle était contente que j'ai échappé aux skins lors du concert de Noyon. J'ai appris plus tard qu'elle-même l'avait échappé belle. Elle était revenue frigorifiée dans une voiture aux vitres brisées avec deux blessés sur la banquette arrière.

Quant à Émilie, elle a retiré ses lunettes pour me serrer très fort contre elle :

– Carlos Angers m'a prévenue et je sais pour Karim, sois la bienvenue. Tu es chez toi ici, maintenant.

Voilà comment, mes chers Cueilleurs d'histoires et vous deux en particulier, Révo et Nausicaa, j'ai connu vos aïeules.

Le dimanche soir, on a appris la victoire du Bloc Patriotique. J'ai gagné mon surnom de Macha-des-Oyats deux nuits après, quand je suis entrée dans une yourte enflammée lors d'une charge de police et que j'en ai ressorti une gamine de six ans qui avait déjà les cheveux qui brûlaient. Je nous ai roulées toutes les deux dans le sable et les oyats pour éteindre les flammes qui avaient aussi gagné mon anorak.

Et le Capitaine, me direz-vous ?

Étonnamment, il est resté avec nous. Tout le monde le regardait de façon plutôt suspicieuse au début. Mais il s'est fait respecter en donnant à quelques zadistes geeks des moyens de brouiller les logiciels espions et d'éviter la censure sur les réseaux sociaux quand il y avait des appels à manifester pour soutenir les ZAD.

Je crois, et ça l'aurait bien surpris que je vous raconte ça, qu'il est un des artisans de la Douceur, un artisan inconnu mais essentiel. Car c'est grâce à sa connaissance des techniques de surveillance de la police et des méthodes des services antiterroristes que Merlicourt a su prévenir les coups et a communiqué son savoir-faire lors des manifs et des rassemblements à d'autres ZAD mais aussi aux squats, aux usines occupées, aux camps de réfugiés...

Le Capitaine s'est montré de tellement bon conseil dans l'organisation de la défense de la ZAD de Merlicourt que même les flics ont commencé à espacer leurs attaques car ils avaient trop de blessés à chaque fois.

Et puis on avait besoin d'eux ailleurs. L'arrivée au pouvoir du Bloc Patriotique avait déclenché des émeutes dans les cités et les facs, et les actions terroristes ne cessaient pas.

C'était le début de la Fin mais pas encore la Douceur.

Encore une fois, vous connaissez cette période par nos livres d'histoire dans les Arbres-Bibliothèques. Il est inutile que j'y revienne.

Simplement, en ce qui me concerne, les mois ont passé, l'été est arrivé, et lui, au moins, il a été chaud. D'autres zadistes sont venus nous rejoindre à Merlicourt. On s'est organisés de mieux en mieux. Les gens qui vivaient aux alentours nous aidaient. Le Capitaine détonnait un peu avec son treillis au milieu des tuniques indiennes, des dreadlocks, des piercings, des jeans troués et des sarouels, mais c'est lui qui a organisé avec l'aide d'étudiants en médecine des postes médicaux avancés pour soigner nos blessés après les charges.

Il avait l'air heureux. Son visage s'était ouvert, on aurait dit qu'il avait rajeuni. Sans doute parce qu'il mettait son expérience de la guerre au service d'une cause qu'il se prenait à aimer.

– Tu sais qu'ils m'étonnent, tes pouilleux de zadistes, Macha ! Non seulement ils sont courageux face à l'ennemi mais ils savent aussi organiser la vie quotidienne. Je ne les en aurais pas crus capables.

Et c'est vrai que la ZAD fonctionnait bien, avec des cafés, des bibliothèques, des potagers, des assemblées où tout se décidait collectivement.

Un matin, très tôt, presque deux ans après notre arrivée, quelqu'un s'est glissé dans ma yourte, peu de temps avant l'aube. On entendait la mer, très distinctement car c'était marée haute.

C'était le Capitaine. Il n'a pas eu besoin de parler, j'avais compris et j'ai senti mon cœur se serrer.

– Tu vas partir ?

Il a passé sa main sur ma joue.

– Oui, Macha.

– Mais pourquoi ?

– Je ne suis pas fait pour cette vie-là. Et je vous ai appris tout ce qu'il y avait à savoir pour vous défendre.

– Mais tout le monde t'aime ici, Capitaine ! Tu n'as pas vu comme la grande fille de la barricade sud, celle qui s'occupe aussi de la crèche, elle te regarde ?

– Raison de plus, moi, tu sais, la vie de couple…

– Qu'est-ce que tu vas faire ?

– J'ai une maison dans le Gers, à Lombez. Il n'y a plus personne, par là. Ça me convient très bien.

– Tu vas vieillir comme un vieux con, Capitaine.

– Ce n'est pas ce que j'ai toujours été ?

Ça a été à mon tour de passer ma main sur sa joue. Il était impeccablement rasé, comme d'habitude.

– Non, Capitaine. Pas du tout. Je ne vais pas pleurer pour que tu restes, ça te ferait trop plaisir.

Il a souri.

Il a caressé Verlaine, qui maintenant ne bougeait plus de la yourte à cause de son grand âge et il lui a dit :

– Occupe-toi bien de Macha…

Je ne sais pas, amis Cueilleurs, ce qu'est devenu le Capitaine.

Mais il a été la preuve que les hommes et les femmes, même les pires, peuvent changer. Qui sait, peut-être que Le Vigan et Olivier, eux aussi… Même si j'ai du mal à le croire ! J'imagine que le Capitaine a vieilli tranquillement dans sa maison du Gers, à l'écart du chaos, organisant sa ZAD pour lui tout seul.

J'espère même qu'il a été heureux, ou à défaut, enfin apaisé...

Moi, je suis restée à Merlicourt encore deux ans de plus. J'ai eu le temps de bien connaître vos aïeules, chères Révo et Nausicaa. Elles n'avaient finalement que quelques années de plus que moi et nous avions vécu toutes les trois, de manière différente, la violence du monde de la Fin.

Et puis j'ai rencontré mon premier compagnon, enfin je veux dire le premier garçon qui a réussi à me convaincre de vivre avec lui et qu'aimer après Karim ne serait pas trahir Karim.

Nous avons quitté la ZAD de Merlicourt pour aller voir ailleurs, pour changer d'air.

Il est vrai que l'absence du Capitaine me pesait aussi. J'étais bien obligée de reconnaître que cette grande brute me manquait, en fait...

Voilà, je crois que j'en ai terminé, vraiment terminé cette fois-ci.

N'applaudissez pas, je vous en prie, non.

La seule chose que je vous demande, à chacun ici ce soir, à toi, Hilo, à toi, Nausicaa, à toi, Révo, et à vous tous, c'est de vous souvenir que la Douceur est un miracle et qu'il faut le préserver. Peut-être même vivons-nous dans un rêve. Peut-être faut-il prendre garde, surtout, de ne pas nous réveiller car cela voudrait dire que nous sommes toujours dans le monde de la Fin.

Demain, enfin, je vais repartir vers ma ZAD d'Équemauville. Je vais retrouver mes amis Agnès-des-Calanques et Euclide-le-Caressant, les enfants poètes, mon chat Bakounine et mon arbre. J'ai vécu des heures formidables avec vous, formidables et douloureuses car se souvenir n'est jamais un exercice innocent.

Je vous aurai appris autant de choses sur ce que j'ai vécu que j'en ai apprises sur moi car se raconter, c'est toujours prendre des risques. On retrouve des heures lumineuses mais aussi des démons oubliés. On comprend enfin qui on était, ou en tout cas on s'en rapproche.

Mais maintenant, je suis un peu fatiguée.

Cent sept ans...

Alors, je voudrais bien retrouver mon arbre.

L'automne va arriver, ce sera la saison des noix et du vin ligure, des poèmes lus au bruit du vent qui passe dans les branches.

Parce que, voyez-vous, pour moi, au bout du compte, la Douceur, c'est tout simple : c'est de pouvoir vivre, pour toujours, des journées entières dans les arbres.

La Douceur, c'est un rêve...

L'AUTEUR

Jérôme Leroy est né en 1964 à Rouen et a été professeur de français dans différents collèges du Nord. Il se consacre désormais à la littérature. Il est l'auteur de romans et de nouvelles qui appartiennent souvent au roman noir ou à l'anticipation, comme *Big Sister* (Mille et une nuits, 2008), *La minute prescrite pour l'assaut* (Mille et une nuits, 2008), *Le bloc* (Série Noire, 2011, prix Michel Lebrun 2012), *L'ange gardien* (Série Noire, 2014) et *Jugan* (La Table Ronde, 2015). Aux éditions Syros, on lui doit *La grande môme* (« Rat noir », 2007) et *Norlande* (« Rat noir », 2013), unanimement salué par la critique.

Du même auteur, aux éditions Syros

La grande môme, coll. « Rat noir », 2007, 2013

Prix du Polar Jeunesse francophone de Montigny-lès-Cormeilles 2008

Norlande, coll. « Rat noir », 2013

Prix de la NRP 2013

Prix des collégiens du Doubs 2013

Prix Claude Izzo 2014

Prix des Maisons Familiales Rurales du Maine-et-Loire 2014

Prix des collégiens Livre-Franche 2014

« La Fille du sénateur », in *Hammett Détective*, sous la direction de Natalie Beunat, Hors-série « Rat noir », 2015

Loi n° 49-956 du 16 juillet 1949
sur les publications destinées à la jeunesse,
modifiée par la loi n° 2011-525 du 17 mai 2011.

Mise en pages : DV Arts Graphiques à La Rochelle
N° éditeur : 10233505 – Dépôt légal : août 2016
Achevé d'imprimer en février 2017
par Normandie Roto Impression s.a.s. (61250, Lonrai, France).
N° d'impression : 1700520

IMPRIM'VERT

FSC
www.fsc.org
MIXTE
Papier issu de sources responsables
FSC® C022030